우리들의 스캔들

우리들의 스캔들

이현 장편소설

창비

이모가 난데없는 사고를 쳤다.

보라야. 나 너희 학교 교생으로 나왔어. 그것도 2학년 5반!

　사범대학 4학년에 다니고 있는 우리 이모가 바로 우리 학교 교생으로, 그것도 우리 반 교생으로 왔다는 것이다. 어제까지만 해도 우리 옆 동네 상마고등학교로 갈 거라더니, 그게 다 뻥이었단다. 세상에, 나를 놀라게 해주려고 속인 거라나? 이게 무슨 신나는 이벤트라도 되는 줄 아는 모양이다.

하지만 당황스러운 와중에도 나는 침착함을 잃지 않고 머리를 굴렸다.

이모가 우리 반 교생으로 온다, 내가 우리 반 교생 조카가 된다…….

이런!

나는 서둘러 이모에게 답장을 날렸다.

나 아는 척할 생각 하지 마. 학교에서 우린 그냥 남남이야. 공과 사는 구별하고 살자고. 응?

답장이 없었다. 하지만 이모의 반응은 안 봐도 눈에 훤했다. 내 문자를 들여다보며 연방 씩씩거리고 있겠지. B형다운 초강력 다혈질 성질대로라면 당장 달려와서 어쩌면 이럴 수가 있냐고 펄펄 뛰고 싶겠지.

하지만 여기는 학교, 이모는 고작 교생이다. 어울리지 않는 정장을 입고 교무실에서 땀을 빌빌 흘리며 속만 태우고 있을 것이다. 그렇게 생각하자 좀 마음이 쓰였다. 내 당부를 제대로 알아듣기나 한 것인지 불안하기도 했다. 나는 다시 문자를 보냈다.

나 이보라의 학교생활백서 1조! 튀지 않는다, 밟히지도 않는다! 전에 말했지? 중딩 생활이 만만한 게 아니야. 좀 이해해주라, 응?

여전히 답장이 없었다. 교무실에 갇혀서 옴짝도 못 하는 모양이었다. 어쩌면 살짝 삐친 것인지도 몰랐다. 우리 반 교생이 되었다고 신나 있을 텐데 찬물을 끼얹은 게 좀 미안해지기도 했다.

나는 핸드폰을 만지작거리며 고민에 빠졌다.

"아싸! 우리 반 교생 남자래."

수진이가 책상 위에 가방을 척 내려놓으며 말했다. 자타가 인정하는 우리 반 정보통이 헛다리를 짚다니.

"진짜?"

예닮이가 뒤따라 들어오며 반색했다.

"남자라고?"

문제집에 고개를 박고 있던 주경이도 슬며시 끼어들었다. 문제집만 들입다 파는 듯이 보이지만 가만 보면 한쪽 귀는 늘 열어두고 있는 것 같다.

"여자라던데?"

인호가 미심쩍은 얼굴로 끼어들었다. 수진이가 쏘아붙였다.

"웃기지 마. 내가 확실한 정보통한테 들은 얘기니까."

주거니 받거니, 근거 없는 추측을 늘어놓는 애들을 바라보면서 나는 다시 마음을 굳혔다.

네모반듯한 신도시 아파트 단지 사이에 자리 잡은 신설학교인 우리 새빛중학교. 하지만 '새롭다'라는 것은 단지 이름과 시설뿐이다. 군내 나는 교칙들과 꽉 막힌 선생님들, 더불어 칙칙함의 절정을 보여주는 교복까지. 그야말로 고리타분의 결정판이다.

이런 판국이니 푸릇푸릇한 청춘들이 대거 등장하는 교생 실습은 모두를 흥분에 빠뜨리는 대사건이다. 그런데 바로 그 사건의 한 가운데에 우리 이모가 서 있게 되었다니.

이모 기분을 생각해서 마음이 흔들려서는 안 된다. 그저 모르는 척, 조용히 한 달을 보내는 게 상책이다.

나는 핸드폰 폴더를 다시 열었다.

제발, 응? 내 사정 좀 봐주라.

내게는 한없이 약해지는 이모니까 이쯤 사정했으면 알아들었겠지. 아무리 천방지축이라지만 이모에게도 학창 시절이 있었으니 그만한 눈치는 있을 것이다.

나는 전원을 끄고 핸드폰을 가방에 집어넣었다.

"남자면 어떻고 여자면 어떠냐? 어쨌든 젊잖아. 우리 학교 선생님들 평균 나이가 얼마나 될까? 사십? 아니, 오십? 으, 지겹다. 우리에겐 젊은 피가 필요하다고!"

예닭이는 등에 진 가방을 내려놓을 생각도 않고 수다를 떨었다.

맞다. 김예닭.

이모보다 더한 난관에 부닥친 기분이었다.

"야, 나랑 얘기 좀 해."

나는 예닮이를 복도로 끌어내었다.

"왜 그래?"

예닮이가 그 큰 눈을 끔벅거리며 물었다.

"너……."

나는 망설이며 다시 한 번 주위를 두리번거렸다.

"왜 그래, 뭔데?"

예닮이가 재촉했다. 얼른 돌아가 입방아에 끼어들고 싶어 몸이 근질거리는 모양이었다. 나는 예닮이를 복도창 쪽으로 좀 더 끌어당겼다. 예닮이 어깨에 팔을 두르고 창밖으로 나란히 고개를 내밀었다.

그런데…… 우웩!

생태 교육이라나 뭐라나, 올 초부터 학교 뒤에서 기르는 오리며 염소의 우리에서 고약한 냄새가 폴폴 피어올랐다. 어울리지 않게 이건 또 무슨 짓인지. 에어컨이 있대 봤자 실제로 돌리는 건 여름방학을 앞둔 며칠이 고작인데, 창문도 맘 놓고 못 열어두게 생겼다. 5월부터 이 지경이니 여름은 대체 어떻게 넘겨야 할지. 둔하기로 유명한 예닮이마저도 코를 싸맸다. 하지만 나는 냄새를 가지고 까탈 부리고 있을 처지가 아니었다. 그저 손으로 코만 살짝 가린 채 '이모발 긴급통신'을 전했다.

예상했던 대로, 예닮이는 흥분했다. 한편으로는 이모가 우리 반 교생이 되었다는 사실에 좋아라 하는 것이었고, 또 한편으로는 비밀로 하자는 내 꼼수를 반대하느라 그러는 것이었다.

하지만 어쩌랴.

예닮이와 우리 이모가 아무리 쿵짝이 잘 맞는다고 해도 조카는 나다. 그러니 예닮이도 더 우겨댈 수는 없었다.

"아무튼 너, 애들 사이에 소문만 돌아봐. 가만 안 있을 테니까."

나는 창틀에서 몸을 일으키며 다시 한 번 말했다. 예닮이는 나를 흘겨보며 입을 비죽거렸지만 더는 대거리를 하지 않았다. 어쩌면 냄새에 질려 그랬는지도 모르겠다.

그런데 교실로 한 걸음 들어서는 순간 예닮이가 내 소맷부리를 잡아당겼다.

"왜?"

"은하 말이야, 은하도 혹시 이모 기억하지 않을까?"

아차!

송은하를 잊고 있었다. 요즘은 서로 뜨악해졌지만, 초등학교 때까지 우리 셋은 이른바 '삼총사'였다. 그렇다고는 해도 은하가 우리 이모를 본 것이…… 6학년 때니까 벌써 이 년 가까이 지난 일이다. 게다가 기껏해야 한두 번? 아니, 두세 번? 은하가 여태 이모를 기억하고 있을 리가 없다.

하지만 우리 이모는 여간해서는 잊기 힘든 인물인데.

"어쩌지?"

나는 예닮이의 귓전에 대고 속삭였다. 예닮이는 어깨를 으쓱하며 말했다.

"알아서 해."

"기억하는지 못 하는지, 네가 좀 떠보면 안 되니?"

"됐거든."

예닮이는 딱 잘라 거절하고 책상 아래로 만화책을 펼쳤다.

하기야 예닮이가 그런 부탁을 들어줄 리가 없다. 이모 일을 떠벌리지 못해 입이 근질거리는 데다가, 은하와 나를 어떻게든 다시 이어 붙이려고 애쓰는 중이니까.

나는 슬며시 뒤편을 돌아보았다. 은하의 고정석이 되다시피 한 뒷문 바로 앞자리는 아직 비어 있었다. 오늘도 늦을 모양이었다. 혼이 날 걸 뻔히 알면서 어째서 툭하면 늦고 마는지 도무지 이해가 가지 않았다. 뭐, 어차피 이제 내가 상관할 바는 아니지만.

어울리지 않게 경쾌한 피아노 소리.

아침 자습 시작종이 울리자, 승범이가 칠판 앞으로 걸어 나갔다. 보드 마커를 들고 쓰윽쓰윽 거침없이 화이트보드에 숫자와 기호를 적어 넣었다. 지난 중간고사 때 우리 반 수학 평균에 충격을 받은 담임의 특별 지시다. 아침 자습시간마다 승범이가 세 문제를 칠판에 내고 우리는 그걸 풀어야 한다. 끔찍하게 어려웠던 수학 시험에서 유일하게 100점을 받은 것은 홍태주였지만, 담임은 승범이를 선택했다.

하기야 애써 왕따를 시킬 필요가 없을 만큼 외톨이인 태주로는 도무지 권위가 서지 않을 것이다. 더구나 태주는 여자애들에게 변태라고 찍혀버린 애다. 남몰래 폰카로 자꾸 사진을 찍는다는 소문이다. 보는 눈은 있어서 은하에게는 더 자주 폰카를 들이민다고도 한다. 그런 태주에게 뭘 바라겠는가.

반장인 지윤이 역시 이런 일에는 어울리지 않는다.

반장 선거 때 지윤이는 추천이 아니라 자원을 한 후보였다. 유세랍시고 한다는 소리가 반장을 한번 해보는 것도 좋은 추억이 될 거 같다는 것이었다. 나도 지윤이를 찍었지만 사실 당선될 줄은 몰랐다. 전형적인 반장 타입인 승범이보다 지윤이에게 한 표를 던지고 싶었을 뿐이다. 그런데 나 같은 아이가 한둘이 아니었던 것이다. 담임은 지윤이가 반장이 되자 노골적으로 싫은 내색을 했다. 지윤이는 성적도 그저 그런 데다 애들을 휘어잡는 카리스마가 있는 것도 아니다. 곰살가운 성격이라 모두와 잘 지내지만 반장다운 느낌은 아닌 것이다.

하지만 승범이라면.

나는 연습장에 또박또박 칠판의 문제를 베껴 쓰기 시작했다. 수학 문제도 야릇한 흥분이 될 수 있다는 사실을, 나는 요즘 새롭게 배워가는 중이다.

"얘들아. 오늘 교생 선생님 오시는 첫날인데, 그냥 넘어가기는 좀 서운하지 않니?"

지윤이가 목을 쭉 빼고 말했다. 딴에는 반장 노릇을 해보겠다고
애쓰는 것이다. 애들의 반응은 매번 신통치 않지만 포기할 줄을 모
른다.

"안 넘어가면 파티라도 할래?"

누군가가 놀리듯 물었다.

그 말에 지윤이가 새침한 표정을 짓는 순간, 드르륵 하고 거침없
이 앞문이 열렸다. 지윤이는 질겁하며 얼른 목을 움츠렸다. 하지만
앞문으로 들어선 것은 담임도, 자습 감독 선생님도 아니었다.

창은이였다.

지각을 한 셈인데도 서두르는 기색 없이 느긋하게, 눈치를 살피
지도 않고 앞문으로, 창은이는 늘 그런 식이다. 창은이네 외할아버
지가 우리 학교 재단 이사장이라나 뭐라나? 한눈에도 보통 이상으
로 놀아 보이는 창은이를 선생님들도 건드리지 않는 것을 보면 빽
이 있긴 있는 모양이다. 오죽했으면 지난번에 창은이가 우리 담임
한테 된통 당하는 걸 보고 속으로 고소해하는 애들도 많았다. 그
후로 창은이도 담임 앞에서만은 조금 조심하는 것 같다. 뭐, 그래
봤자 여전히 기세등등하지만.

같은 날라리라도 창은이와 은하는 급이 다르다. 뭐랄까, 똑같이
비를 맞고 걸어도, 누구는 폼이 나고 누구는 궁상맞아 보이는 것과
비슷한 이치다.

나는 슬그머니 다시 은하 자리를 돌아보았다.

그런데, 어라? 은하가 자리에 앉아 있었다. 대체 언제, 어떻게 들어왔는지 모르겠다.

초등학교 2학년 때도 은하랑 나랑 같은 반이었다는데 나는 도통 기억이 없다. 4학년 때 같은 반이 되어 예닮이랑 셋이 어울리기 시작한 것이 내게는 최초의 기억이다. 공부도 못하고 성격도 빙충맞은 은하는 한마디로 말해서 존재감이 없는 아이다. 아니, 아이였다. 요즘의 은하는 무척 달라졌으니까.

외모부터 그렇다. 예전의 은하는 안쓰러울 정도로 깡마른 계집애일 뿐이었다. 하지만 이제, 은하와 같이 서면 우리 반의 어지간한 여자애들은 동생처럼 보인다. 그것도 예쁜 언니 치마꼬리를 붙들고 늘어지는 못난이 여동생. 나도 물론 예외가 아니다.

그것뿐이라면 은하가 이렇게까지 반에서 겉돌지는 않았을 것이다. 스톰, 은하가 소속되어 있다는 그 정체불명의 동아리. 게다가 얼마 전부터 떠돌고 있는 그 망측한 소문까지.

역시, 일단 두고 볼 일이다. 공연히 내 쪽에서 먼저 이모 이야기를 꺼냈다가 긁어 부스럼이 될지도 모른다. 이 년 전에 만난 우리 이모를 은하가 어떻게 기억하겠는가. 무엇보다 송은하에게 먼저 다가가 아쉬운 소리를 꺼낼 생각 따위는 없다.

"온다, 온다, 온다!"

쉴 새 없이 복도창을 기웃거리던 인호가 그 걸걸한 목소리를 잔뜩 내리깔고 빠르게 말했다. 현실은 게임이요, 게임이 현실이라며 학교 일에는 뭐든 시큰둥하던 녀석이 어쩐 일로 교생 일에는 흥분인지 모르겠다. 아, 여자. 여자 교생일지도 모른다는 소리에 흥미가 돈 모양이다.

드르륵, 앞문이 열렸다.

우리 반의 마지막 한 사람인 럭셔리 장, 주름 하나 없는 세련된 양복 차림의 수학 선생. 우리 담임이 먼저 교실로 들어섰다.

그리고 그 뒤를 이어 또 한 사람.

가무잡잡한 얼굴에 표정이 다부지고 목이 길어 인상이 시원시원하다. 짧게 친 커트 머리 아래 훤히 드러난 귓불에 매달린 귀걸이 세 개가 화려하지 않은데도 눈길을 끈다. 뚱뚱하지는 않지만 골격이 좋아 어깨가 당당해 보인다.

이모, 우리 이모 진숙경이다.

급식실은 평소보다 다섯 배쯤 시끄러웠다.

스테인리스 식판을 끌어안고 배식구 앞에 줄지어 선 아이들의
목소리는 흥분으로 한껏 들떠 있었다. 호기심과 기대가 반반씩 섞
인 야릇한 흥분으로. 하지만 교사 전용석에 잇대어 놓은 교생들의
식탁을 한 바퀴 돌아보고 나면 흥분의 절반은 바람 빠진 풍선처럼
푸식, 하고 주저앉았다.

안타깝게도 올해는 교생들의 상태가 심상치 않다.

다들 나이에 비해 늙수그레한 데다 촌스럽기 그지없다. 남자 교
생들은 성장기를 냉동 인간으로 보낸 것처럼 작달막하고 여자 교

생들은 의도를 짐작할 수 없는 옷차림들이다. 뭐, 외모로 사람을 평가하면 안 된다고들 하지만, 어쩔 수 없는 일이다. 뻔히 보이는 사실을 외면할 수는 없으니까.

그러니 이모는 단연 눈에 띈다.

우리 이모라서가 아니라 솔직히 그 정도면 나쁘지 않다. 올해로 벌써 서른 살이지만 애들은 그 사실을 알 턱이 없다. 이모는 아무튼 대학교 4학년이고, 겉모습도 그에 걸맞다. 스타일에 살고 스타일에 죽는 사람인지라 비슷비슷한 정장 차림인데도 유난히 세련되어 보인다. 도무지 주눅 드는 법이 없는 태도 역시 다른 교생들과는 다르다.

우리 반 애들에게도 이모의 첫인상은 후한 점수를 받은 것 같았다. 밥을 먹으면서 연방 이모를 힐금거리고, 다른 반 애들에게 보란 듯 만족스러운 웃음을 흘리고 있으니까. 이거야 나로서도 기분 좋은 일이다. 하지만 이렇게 첫눈에도 전교에서 가장 튀는 교생이라니, 역시나 입을 다물기로 한 것은 탁월한 선택이었다.

"참, 얘들아."

이모를 향해 자꾸만 의미심장한 미소를 지어 보이던 예닮이가 테이블로 상체를 바싹 기대며 입을 열었다. 설마 내 당부를 잊었나? 나는 콩나물국에 밥을 말며 여닮이에게 경고성 눈길을 쏘아 보냈다.

"카페에 새로 글 올라온 거 봤어?"

예닭이가 눈알을 떼굴떼굴 굴려가며 물었다. 이모 얘기가 아닌 것은 다행스러운 일이지만, 이건 또 무슨 뜬금없는 소리인가.

"카페?"

내가 되물었다. 그러자 대각선 방향에 앉아 있던 인호가 불쑥 끼어들었다.

"김예닭, 너도 봤냐?"

"무슨 카페?"

인호 맞은편에 앉은 승범이도 물었다. 예닭이가 뻔한 걸 묻느냐는 듯 대답했다.

"우리 반 카페."

우리 반 1번, 가장 키가 작지만 또 가장 눈에 띄는 아이였던 정윤선. 개학 다음 날 아침 조회가 끝나자마자 윤선이가 앞으로 걸어 나가더니 화이트보드에 또박또박 썼다.

주소: cafe.daum.net/0205secretroom
이름: 0205 비밀의 방

윤선이는 딱 소리 나게 마커를 내려놓고 돌아섰다. 자못 상기된 얼굴이었다.

"내가 다음에 우리 반 카페를 만들었어. 다들 가입할 거지?"

그야말로 단도직입적으로, 앞도 뒤도 없이 딱 부러지는 얘기였다. 우리들은 어리둥절한 얼굴로 윤선이를 쳐다보기만 했다. 윤선이는 장난기 어린 미소를 띠고 말을 이었다.

"카페 운영의 원칙은 딱 두 개야. 첫째, 닉네임의 정체를 숨길 것! 운영자니까 내 닉네임이야 다들 알게 될 거야. 하지만 나머지는 비밀로 하자. 2학년 5반, 몇 번, 누구누구…… 이런 거랑 상관없이 다들 자기 마음에 드는 가면을 쓰는 거야. 이 운영자는 목에 칼이 들어와도 닉네임의 주인이 누군지 밝히지 않을게. 맹세해! 대신 너희들, 닉네임을 이리저리 바꾸면 곤란해. 한번 가면을 쓰면 그 가면이 바로 자신이 되는 거야. 혹시나 치사하게 닉네임을 바꾸지 못하도록, 회원 목록을 공개하겠어. 물론 이름은 비공개. 아이디만 공개하겠다는 얘기야."

"대체 그런 걸 만들어서 어쩌겠다는 건데?"

누군가가 티껍다는 말투로 불쑥 끼어들었다. 하지만 윤선이는 여전히 생글거리며 또 말했다.

"일단 들어봐. 자, 이번엔 두 번째 원칙이야. 담탱이는 물론 어른들에게는 카페의 존재 자체를 비밀로 할 것! 그래야 마음 놓고 우리끼리 놀아보지 않겠니? 어때? 가면을 쓴 우리들의 비밀 카페, 멋지지 않니?"

처음엔 다들 시큰둥했다. 아니꼽게 여기는 애들도 있었다. 하지만 일주일도 지나지 않아 제법 많은 아이들이 카페에 가입했다. 윤선이의 꼬드김은 집요하고 강력했다. 윤선이에게는 묘하게 사람을 끄는 구석이 있었다. 한번 바람을 잡기 시작하면 얼결에 모두를 휩쓸리게 만드는 애들이 있는데, 윤선이가 딱 그런 타입이었다.

지윤이도 윤선이를 거들었다. 우리 반 주소록을 만들면서 카페에 공개된 아이디와 메일 주소가 겹치면 닉네임의 정체가 탄로 난다면서 반드시 다음 말고 다른 이메일 계정을 적으라고 말했다. 대단한 비밀 작전이라도 되는 양 수선을 피웠다. 유치하게 군다고 핀잔을 주는 애들도 있었지만 지윤이는 그저 신바람을 냈다.

그래도 카페에 열을 올리는 애들은 많지 않았다. 글을 올리는 것은 운영자인 '올빼미'와 '루루공주'가 전부였다. 댓글을 다는 것도 몇몇에 불과했다. 내용도 별다른 것이 없었다. 기껏해야 애들 어렸을 때 사진이나 연예인에 대한 묘한 소문, 선생님들의 굴욕 사진 정도가 다였다.

그러다 3월 중순쯤이던가? 올빼미가 카페에 그 게임을 올렸다.

그게 시작이었다.

카페는 극적인 역전승을 거둔 후의 체육대회처럼 급격하게 달아오르기 시작했다. 윤선이의 인기도 카페 못지않게 치솟았다. 올빼미가 윤선이라는 것은 비밀도 아닌데 감히, 그런 게임을 올리다니. 그 배짱이 놀라웠다. 게임을 만든 솜씨 또한 대단했다. 우리 반 숨은 실력자의 솜씨라고 하는데 윤선이는 끝내 그 아이의 정체에 대해 입을 다물었다. 하기야 누가 만들었으면 어떤가. 윤선이가 만든 카페에 윤선이가 올린 게임이었다. 윤선이는 우리 반의 은밀한 영웅이 되었다. 담임은 장수철이고 반장은 강지윤이지만, 윤선이의 '카리스마'를 따라잡을 수는 없었다.

그런데 바로 그 시점에서 윤선이가 돌연 학교를 그만둔 것이었다.

"정윤선은 지금쯤…… 어디 있는 거지? 유럽? 아니 미국이었나?"

예닮이가 물었다.

"처음에 중국에 갔다가 티베트로 해서…… 암튼 맞아. 인도야, 지금쯤은 인도에 있을 거야."

주경이가 말했다.

주경이가 윤선이와 친했다는 것, 아니 주경이가 윤선이에게 친한 척 굴었다는 것은 우리도 다 알고 있는 사실이다. 그 이유가 윤선이의 유창한 영어 실력 탓이었다는 것 역시 뻔하고도 뻔한 얘기다. 뭐, 어쨌거나 주경이는 윤선이에 대해 우리보다 잘 알고 있을 터였다.

"치! 누구는 팔자가 좋아서 학교 때려치우고 해외여행이라, 정말 불공평하다."

수진이가 식어빠진 콩나물국을 휘저으며 투덜거렸다. 그 말에는 심지어 예닮이마저도 고개를 끄덕였다.

"온 가족이 같이 세계일주 배낭여행이랬지? 걔네 엄마가 변호사랬나? 아니, 아빠였나?"

인호가 물었다.

"엄마가 변호사고 아빠는 정신과 의사잖아. TV에도 자주 나오셨는데, 본 적 없니?"

주경이가 존경 어린 표정까지 지으며 말했다.

"어쨌든 웃기는 애야. 그렇게 금세 학교 관둘 거면서 카페니 뭐니 왜 설치고 다닌 거야? 이건 뭐, 우리만 속없이 덩달아 날뛴 꼴이잖아."

수진이가 말했다. 그러자 예닮이가 역성을 들고 나섰다.

"그래도 난 윤선이 가니까 서운하던데. 그 게임 떴을 때, 와우! 진짜 속이 후련하더라. 너희들은 안 그랬냐?"

인호가 기다렸다는 듯 맞장구를 쳤다.

"난 요새도 열 받으면 그 게임 하러 카페에 들어가는데."

윤선이가 올린 것은 '도전 100점!'이라는 게임이었다.

게임의 배경은 우리 학교 운동장, 공격자는 회색 체육복을 입고 하얀 마스크를 쓴 남자아이다.

게임의 규칙은 간단하다. 'START'를 클릭하면 반대편에서 우리 반을 가르치는 선생님들이 차례로 다가온다. 그러면 마우스로 공격자를 이끌어 다가오는 선생님들을 겨냥해 클릭. 그러면 '픽!' 하는 효과음과 함께 선생님들은 나무토막처럼 바닥에 쓰러진다.

그리고 게임이 끝나면 과목별로 점수가 뜬다. 평균 점수도 함께.

여기저기서 엉성하게 오려 붙인 사진들이었지만, 기분은 달랐다. 처음 할 때는 나도 모르게 흠칫거릴 만큼 실감이 났다. 그렇지만 다른 게임처럼 부담 없이 즐기기는 좀 그랬다. 어딘가 마음 한 구석이 찜찜했다.

물론 교복 치마가 짧다고 해서 회초리로 치마를 들추어대던 학생부장의 경우는 예외. 아, 전 시간 가르쳐준 문법 예문을 못 외운다고 귓불을 잡아 비틀던 영어도 마찬가지였다. 요가 시범을 시킨답시고 은하를 불러내 엉큼한 손길로 자세를 고쳐주던 체육은 말할 것도 없었다.

내 게임 점수는 형편없었다. 학생부장의 담당 교과인 한문만 그나마 50점을 넘겼다. 실제로는 한 번도 받아본 적이 없는 점수였다.

하지만 누구였더라? 난생처음 올 백을 맞았다고 자랑을 하고 다니던 푼수가 있었다. 그 밖에 다른 애들도 대체로 성적이 좋은 모양이었다. 좀 심한 게 아니냐고 댓글을 다는 애도 있었지만, 다른 애들한테 핀잔이나 들을 뿐이었다.

"암튼 조옹—겠다! 세계일주에다…… 들어오면 캐나다로 유학을 간다고? 부럽고도 부럽다! 두고 보라지! 나도 프로게이머로 뜨기만 해봐! 이놈의 학교는 당장 때려치우고 확 날아버릴 테니까! 얼마 안 남았어!"

인호가 밥알을 튀겨가며 떠들었다. 그 말에 예닮이와 수진이, 그리고 옆에 있던 애들까지 왁자하니 거들고 나섰다.

하지만 글쎄, 나는 잘 모르겠다. 나도 물론 학교가 싫고, 공부가

지겹긴 하지만 어쩔 수 없는 일이다. 학교 밖이라고 해서 더 나은 것도 아닌 것 같으니까. 아니, 학교 밖으로 튕겨져 나간 아이들의 처지가 어떤지는 들리는 소문만으로도 암담하다. 대안학교니 홈스쿨링이니 유학이니, 그럴듯한 이야기들은 멀게만 느껴진다.

외고에 가고, 그럴싸한 대학에 가고…… 그 후에는 잘 모르겠다. 하지만 나는 내 목표가 가장 선명한 것이라고 믿고 있다.

"그래서, 대체 무슨 글이 올라왔다는 거야?"

이야기의 가닥을 처음으로 돌려놓은 것은 승범이였다.

"아, 맞다. 그 얘기 하고 있었지. 누구더라? 그래, 프로도. 걔가 '한줄메모장'에 새 글을 남겼더라고."

예닮이가 말했다.

"뭐라고 남겼는데?"

"올빼미. 이제 다시 시작이야?"

인호가 대신 대답했다. 모두들 멀뚱한 얼굴로 인호와 예닮이를 바라보았다.

"배경 음악까지 깔렸던데."

예닮이가 말했다. 수진이가 여전히 못마땅한 얼굴로 물었다.

"배경 음악? 정윤선 그 짠순이가? 여태 한 번도 그런 적 없었잖아. 뭐야, 인도에 있는 애가 아직도 우리 반 카페를 운영한다는 거야?"

"윤선이가 올빼미 자리를 누구한테 물려주고 간다고 했는데."

빈 식판을 들고 일어서던 주경이가 지나가는 말처럼 얘기했다.
그러자 예닮이가 바싹 열을 올리며 물었다.

"그게 무슨 소리야? 자세히 좀 갈해봐. 누구한테 물려준다고
했어?"

"아유. 나도 잘 몰라. 그런 걸 어떻게 일일이 기억하냐? 가뜩이
나 머리 복잡해 죽겠는데."

주경이가 핀잔을 주고 돌아섰다.

한마디로 말해 이모는 화제의 주인공이 되었다.

우리 반 여자애들은 틈만 나면 이모를 옆에 끼고 학교를 돌아다 녔고 이모는 골목대장이라도 된 듯한 표정으로 같이 어울렸다. 학 교 운동장에서 카메라폰으로 사진을 찍는 것도 하루에도 몇 번씩 되풀이되는 광경이었다. 이모에게 애인이 없다는 얘기를 듣고 남 자애들은 무슨 가능성이라도 있는 양 흥분했다. 다른 반 애들까지 이모에게 다가와 친근하게 굴었다.

이모는 퇴근 후 꼬박꼬박 우리 집에 들렀는데, 그때마다 초콜릿 이며 과자를 한 뭉치씩 내밀었다. 일주일 만에 이모 눈가에서는 다

크 서클이 자취를 감췄고, 두 뺨은 빨간머리 앤처럼 발그레해졌다. 눈가의 흐릿한 잔주름만 용서한다건 이십 대 초반으로도 봐줄 만했다.

이모만큼은 아니지만 카페도 조금씩 관심을 끌기 시작했다.

프로도가 글을 남긴 후 '한줄메모장'에 몇 개인가 글이 더 올라왔다. '꼬꼬'가 카페의 유일한 배경 음악인 「챠우 챠우」가 마음에 들지 않는다고 시비를 걸었고, '꽃그늘아래'가 델리스파이스 팬을 자처하며 반기를 들었다. '마녀꼬붕'이 카페가 시시해졌다고 불평하는 글을 올리자, 올빼미가 조금만 기다려보라고 금세 댓글을 달았다.

윤선이는 떠났지만, 여전히 올빼미가 카페를 운영하고 있다는 얘기였다. 그리고 그 올빼미는 윤선이의 아이디와 비번을 넘겨받은 우리 반 아이 중 하나일 터였다.

두 명인가, 이제 와서야 회원 가입을 한 애들이 있었는데, 올빼미는 기다렸다는 듯 등업을 해주었다. 이제 카페 회원은 서른여덟 명, 우리 반 전부가 회원이 되었다.

그렇게 일주일이 흐른 오늘, 까페에 이모 사진이 떴다는 것이었다.

너의 목소리가 들려 너의 목소리가 들려 너의 목소리가 들려 너의 목소리가 들려 아무리 애를 쓰고 막아보려 하는데도 아무리 애를 쓰고 막아보

려 하는데도

카페로 들어서자 오늘도 변함없이 델리스파이스의「챠우 챠우」가 분위기를 잡았다. 그리고 윤선이가 떠난 후 처음으로 '정체를 밝혀라'라는 게시판에 N자가 깜박거리고 있었다. '수다있수다', '지금은 독서중', '볼륨을 높여라', '엽기동화방', '개그나라', '금지된 영화관'. 게시판은 많았다. 그런데 왜 하필이면 '정체를 밝혀라'에 이모 사진을 올린 걸까.

그저 그런 폰카 사진이려니 하고 느긋하던 마음이 바싹 곤두서는 기분이었다. 나는 의자를 당겨 앉으며 게시판을 클릭했다.

이 아이는 누구일까요?

새 글이 올라온 시간은 오늘 오후 4시 35분, 작성자는 'L'. 나는 숨을 크게 몰아쉬고 제목을 클릭했다.

맙소사.

녀석이 올린 사진의 주인공은 초록이었다.

얼굴만 클로즈업했기 때문에 남들이 봐선 어딘지 알 수 없을 것이다. 하지만 내 방 침대에 앉아 있는 초록이를 내가 직접 찍은 사진이었다.

루루공주님께서 일대일 채팅을 요청하셨습니다.

초록이의 미소 위로 대화창이 떴다. 문자로 재촉을 해대며 카페
에서 나를 기다리고 있던 예닮이었다. 나는 마우스를 급히 끌어 수
락을 클릭했다.

루루공주: 놀랐지?
바이올라: 어…… 좀. 근데 저 사진만 보고 애들이 뭘 알겠어? 초록
이 혼자 찍은 사진인데.
루루공주: 무슨 소리야? 너 밑에 있는 사진 못 봤어?
바이올라: 밑에?

모니터 하단을 바라보았다. 페이지 여는 중. 악성코드와 바이러
스의 공격으로 만신창이가 되어버린 컴퓨터는 늑장을 부리고 있
었다. 나는 대화창을 아래로 내리고 글을 스크롤했다. 모래시계가
애를 태웠지만 잠시 후 또 다른 사진들을 펼쳐 보았다.
두 번째 사진은 세상에, 이모와 초록이가 같이 찍은 것이었다.
초록이가 태어난 다음 날 병원 입원실에서 모녀가 얼굴을 맞대고
찍은 것이었다. 이모는 얼굴이 퉁퉁 부어올라 누군지 알아보기도
힘들 정도였다.
그리고 결정적인 세 번째 사진.

작년 크리스마스 파티 때 우리 집 거실에서 찍은 것이었다. 이모랑 초록이는 입술을 비죽 내밀고 우리 집 수족관의 키싱구라미처럼 뽀뽀를 하고 있었다. 거기다 한술 더 떠 말풍선까지.

초록아, 이 하얀 크리스마스의 눈처럼 엄마는 너를 사랑해.

엄마는 이모가 우리 학교에 왔다는 소리를 듣자마자 걱정을 늘어놓았다. 혹시 초록이에 대한 이야기가 알려질까 봐 겁을 낸 것이다. 그런 엄마에게 나는 걱정도 팔자라고 핀잔을 주었는데.

루루공주: 별일 없겠지? 우리 반 애들, 카페에 별 관심 없잖아. 그치?
바이올라: 그거야 그렇지만…… 이런 사진이 뜨면 아무래도…….
루루공주: 그래봤자 별일이야 있겠니?
바이올라: 내가 못 산다, 못 살아. 어쩌면 가는 데마다 사고를 친다니?
루루공주: 얘는 참…… 이게 뭐 이모 잘못이니?

물론 나도 안다. 이모 잘못은 아니다. 하지만 어째서 툭하면 입방아의 주인공이 되어버리는 것인지.

루루공주: ㄴ, 모든 게 이 녀석 때문이야!
바이올라: ㄴ이 누군지 혹시 아니? 하긴 알 리가 없지. 윤선이가 닉네

임은 비밀이라고 그렇게 난리를 쳤으니……. 나도 네가 루루공주라는 거 말고는 아무도 몰라. 너도 그렇지?

　루루공주: 그렇지, 뭐.

　바이올라: 아, 맞다. 윤선이는 알겠다. 가입할 때 이름 다 밝혔잖아.

　루루공주: 그렇겠지. 그렇지만…… 지금 올빼미는 윤선이가 아니라잖아.

　바이올라: 누가 되었든 올빼미, 걔는 다 알잖아. 아, 그래. 운영자는 글을 삭제할 수도 있어. 그렇지?

　루루공주: 그렇긴 하지만…… 이 카페에는 뭐든 자유롭게 올릴 수 있다고 했잖아. 삭제 같은 건…… 안 해주지 않을까?

　바이올라: 그런 게 어딨어? 이상한 게 올라왔으면 지우는 거지. 그래. 맞다. 너도 만날 연예인들 사진 퍼다 나르고 그랬지? 뭐야, 그래서 지금 L 편드는 거야?

　루루공주: 편을 들긴 누가 편을 들었다고 그래? 그냥 원칙이 그렇다는 거지……. 알았어. 내가 그럼 올빼미한테 부탁해볼게. 쪽지 보내고 올 테니까 잠깐 기다려.

나는 대화창을 내리고 다시 L이 올린 사진을 바라보았다.

이 년 전인가? 초록이 유치원에서의 일도 그렇다. 행동장애라나 뭐라나, 아무튼 장애 있는 애 하나가 다른 애들하고 말썽을 빚었다. 그 바람에 엄마들이 그 애를 내보내라고 유치원에다 항의를 한 모양이었다. 그런데 하필이면 이모가 나서서 그 아이 부모보다 더 난리를 부렸던 것이다. 그러자 초록이의 처지가 온 동네 입방아에 오르내리기 시작했다. 결국 초록이는 멀쩡히 잘 다니던 유치원을 그만두게 되었고.

프로도님께서 일대일 채팅을 요청하셨습니다.

초록이 사진 위로 다시 작은 창이 떴다.

나는 원래 채팅을 좋아하지 않는다. 친한 애라면 또 모를까, 누군지도 모르는 애랑은 더욱 내키지 않는다. 그래서 처음에는 무심코 '거부' 쪽으로 마우스를 끌었다. 하지만 클릭하려는 순간 마음이 바뀌었다. 나와 예닮이 말고 다른 애가 사진에 대해 어떻게 생각하는지 궁금했다. 나는 마우스를 왼편으로 슬쩍 잡아당겨 '수락'을 클릭했다.

프로도: 안녕. 나는 프로도. 넌 누구?

바이올라: 안녕. 나는 바이올라. 넌 누구?

프로도: 하하. 자기를 밝히고 싶지 않다는 거로군.

바이올라: 물론. 그게 우리 카페 원칙 아니었나? 알고 싶으면 너 먼저 밝혀봐.

프로도: 근데 카페에는 어쩐 일로 들르셨나? 바이올라는 단골손님이 아닌 걸로 아는데.

바이올라: 왜 말을 돌려? 그러는 너야말로 어쩐 일이야?

프로도: 새 글이 떴기에 뭔가 하고 들어와 봤지.

바이올라: 그래서, L의 새 글은 재미있었어?

프로도: 뭐, 이따위 사진 몇 장이라니, 정말 실망이군. '도전 100점!' 정도는 돼야 우리 카페에 어울리지.

그런데 올빼미!

접속자 명단에 올빼미가 등장했다. 나는 얼른 프로도와의 대화 창을 내렸다. 그리고 접속자 명단에 뜬 올빼미의 닉네임 위로 커서를 가져가서는 마우스를 클릭해 대화를 신청했다.

벌써 소문이 돈 것일까? 카페에 속속 아이들이 들어섰다. 어느새 접속자가 여섯 명으로 늘었다. 금세 두 명이 더 붙었다. 아, 어느새 또 한 명!

그런데도 올빼미는 아무 반응이 없었다. 대화 신청을 수락하지도, 거부하지도 않았다. 나는 다시 한 번 올빼미에게 대화를 신청했다. 그래도 대답이 없자 '쪽지 보내기'를 클릭하고 키보드를 두드리기 시작했다.

나, 이보라야.

너 누구니? 윤선이니?

사실은……

하지만 나는 멈칫, 하고 말았다.

올빼미에게 글의 삭제를 요구하려면, 이유가 필요했다. 예닮이가 덮어놓고 부탁해서는 삭제 요구를 들어주지 않을지도 몰랐다. 그렇지만 교생이 바로 내 이모라는 것, 그 정도면 근거는 충분할 터였다. 그런데 올빼미가 윤선이가 아니라면, 만약 올빼미가 수진이라면, 아니 더 뜻밖의 그 누군가라면? 올빼미가 나와 이모와의 관계를 떠벌리고 다니지 말라는 법은 없었다. 아니, 그럴 가능성이 더 많아 보였다. 이런 사진까지 카페에 뜬 마당이니 더욱 그랬다.

그렇게 망설이는 사이 올빼미는 접속자 명단에서 사라져버렸다. 대신 프로도가 보낸 쪽지가 모니터 한가운데로 성큼 떠올랐다.

너, 이보라지?

나는 깜짝 놀라 쪽지를 닫고 다시 대화창을 열었다.

바이올라: 그건 어떻게 알았어?
프로도: 히히. 그 정도야 기본이지.

바이올라는 라틴어로 보라색을 뜻한다. 내가 처음 이메일 계정을 만들 때 이모가 며칠이나 고심해서 지어준 닉네임이다. 그런데 녀석이 그걸 어떻게 알았을까?

아, 인터넷의 힘.

바이올라: 너, 포털에서 검색했지? 넌 대체 누구야?

프로도: 너도 스스로 알아내 봐. 힌트를 주자면 버림으로써 가지려고 하는 자라고나 할까?

바이올라: 치사하게 이럴 거야?

프로도: 치사하다니. 난 내 힘으로 알아냈어. 네가 알려준 게 아니잖아. 하지만 혹시 또 모르지. 나랑 좀 더 놀아준다면 힌트를 줄는지도.

바이올라: 꿈 깨셔.

나는 인사도 없이 대화창을 닫아버렸다. 그러자 기다렸다는 듯 예닭이와의 대화창이 또 깜박거렸다.

루루공주: 생각해보니까 윤선이가 전에 내 블로그에 몇 번 댓글 남긴 적이 있거든. 그래서 걔 블로그에 가봤더니 완전히 폐허더라. 학교 그만둔 후로 관리 전혀 안 하는 것 같더라고. 덧글이며 안부게시판에 스팸 트랙백이 잔뜩이야.

예닭이는 올빼미가 나타났다는 사실을 모르는 것 같았다. 하지만 예닭이에게 그 얘기를 하지는 못했다. 대화창에 쳐보기도 했지만, 입력을 하는 대신 삭제하고 말았다. 대신 나는 고작 이렇게 되묻기나 했다.

바이올라: 그래?

루루공주: 아무래도 윤선이는 지금 인터넷을 할 수 없는 상태인 것 같아. 어쨌든 쪽지 보냈으니까 좀 기다려보자.

바이올라: 알았어. 암튼 난 이만 갈래.

루루공주: 난 좀 더 있을게. ㄴ 녀석, 꼬리를 밟아야지.

바이올라: 어떻게?

루루공주: 어쨌든 이 언니만 믿어. 너무 걱정 마. 조만간 끝장을 볼 테니까.

바이올라: 기집애, 허풍 하고는……. 잘해봐, 그럼.

나는 대화창을 닫았다.

L의 꼬리를 밟겠다. 우리가 단짝으로 지낸 지도 벌써 오 년째, 여태 예닮이가 무언가를 끈덕지게 해내는 것을 본 적이 없다. 거짓말 하나 보태지 않고 말해, 단 한 번도 없었다.

장래 희망은 한 달이 멀다 하고 바뀌고, 사소한 결심도 사흘을 못 채우기 일쑤다. 그러니 학교생활도 엉망진창, 성적은 바닥을 긴다. 그러니 툭하면 매를 맞고 벌을 서고 망신을 당하고…… 가만 보면 애들도 은근히 예닮이를 무시한다. 그런 꼴을 보면 내 속이 뒤집어지지만 예닮이가 하는 짓이 한심한 건 사실이다.

학교생활은 그 모양으로 하면서 카페다, 블로그다, 그런 일에는 또 얼마나 열성인지. 삼 년의 역사를 가진 네이버 블로그 '루루의 성', 그곳이 예닮이의 본거지이다. 예닮이의 블로그는 오늘의 블로그로 뽑힌 적도 있고, 이웃을 맺은 블로그도 몇백이나 된다. 한마디로 인기 블로그다. 카페 활동 역시 열심이다. 연예인 팬카페에다 인기 드라마 팬카페, 게다가 일본 만화 동호회까지. 이렇게 인터넷질을 하느라 밤잠을 설치기가 일쑤다. 그 여파가 다음 날 학교에서 고스란히 나타나는 것은 두말하면 잔소리.

어쨌거나 상황은 마찬가지다. 설사 예닮이가 L을 찾아낸다고 해도, 그전에 우리 반 애들은 이모와 초록이의 사진을 모두 보게 될 것이다.

나는 핸드폰 폴더를 열었다. 작문 숙제라도 하는 것처럼 몇 번이나 지웠다 썼다 한 끝에 문자를 입력했다.

이모. 급히 할 얘기가 있어. 전화 좀 해.

그리고 크게 심호흡을 한 다음, 전송 버튼을 눌렀다.

이모의 인기만큼 소문은 빠르게 퍼져나갔다.

어지간한 애들은 밤사이에 사진을 본 모양이었고, 미처 못 본 애들 중 몇몇은 쉬는 시간에 컴퓨터실에 가는 열성을 보이기까지 했다.

"아직 대학생인데 뭘 벌써 결혼을 했냐?"

수진이가 말했다.

"대학 다니면서 결혼했나 보지, 뭐."

주경이가 문제집을 휙휙 넘기며 대꾸했다.

"그런가? 그렇지만 애가 일곱 살? 아니, 여덟 살은 되어 보이더라. 어떻게 된 거지? 그럼 대학에 들어가기도 전에 애를 낳은 건가?

아, 재수나 삼수? 아니지…… 그래도 계산이 안 맞아…….”

“직장 다니다가 대학 가는 사람들도 있잖아. 대학 졸업하고 또 대학 가는 사람들도 있고.”

수학 숙제 프린트를 걷으러 왔던 지윤이가 말했다.

“아무튼, 결혼했으면 했다고 하지, 왜 시치미를 떼냐? 자기가 뭐, 연예인이라도 되나?”

수진이가 입을 비죽거렸다. 그러자 지윤이가 갸웃거리며 말했다.

“결혼 안 했다고 한 적은 없는 것 같은데?”

“애인 있냐고 물었더니 없다고 했잖아. 그게 그거지, 뭐.”

“그런가? 아무튼 그게 무슨 상관이야? 나이 먹으면 다들 어린 척하고, 미혼인 척하고 그러잖아.”

지윤이는 대수롭지 않다는 듯 대꾸하고는 뒷자리로 갔다.

아, 모두들 지윤이만 같았으면.

남이야 결혼을 했건 말건, 아이가 있건 말건, 왜 그런 데에 신경을 쓰는가 말이다. 다들 발등에 떨어진 불도 못 끄고 절절매면서. 당장 수학 숙제 프린트를 못 해서 발을 구르는 애들이 한둘이 아닌데.

“그러지 말고 직접 물어봐.”

이건 또 무슨 날벼락 같은 소리. 나는 쿵 하고 내려앉은 가슴을 주워 담을 새도 없이 홱 뒤를 돌아보았다.

승범이였다.

“그럴까?”

인호가 냉큼 다가앉으며 물었다.

“그래. 대체 누구냐고 물어보면 되잖아. 그럼 간단하지, 뭘 뒤에서 말들이 많냐?”

승범이가 볼펜을 뱅글뱅글 돌리며 말했다.

말이야 바른말이다. 언제나 당당한 녀석다운 얘기다. 뒤에서 소문이나 퍼뜨리고 다니는 애들하고는 차원이 다르다. 하지만 나는 승범이를 바라보며 한숨을 내쉬었다. 정정당당도 때와 장소가 있다는 사실, 인생의 그 슬픈 비굴함을 녀석은 아직 모르는 모양이다.

그런데 승범이가 갑자기 내 쪽으로 획 고개를 돌렸다.

“왜?”

그렇게 물으며 녀석은 내게 싱긋 미소까지 지어 보였다.

나는 얼른 고개를 돌리고 자세를 고쳐 앉았다. 공연히 가방을 뒤적이기도 하고, 교과서를 들추기도 했다. 하지만 뒤통수가 스멀거렸다. 승범이가 계속 나를 보고 있는지 어쩐지 궁금했다.

휴우!

이모가 곤란한 처지가 될지도 모르는데 고작 이런 생각이나 하고 있는 꼬락서니라니.

간밤에 이모와는 끝내 연락이 되지 않았다. 피곤이 쌓였던 것인지 이모는 핸드폰을 꺼놓았다. 집 전화도 받지 않았다. 그러다 이모와 연락이 된 것은 아침 자습시간이 시작되기 직전이었다. 그나마도 내가 전화를 한 것이었다. 이모는 지각을 하게 생겼다며 나중에 다시 걸라는 소리만 하고 전화를 끊었다. 그리고 오전 내, 이모의 핸드폰은 꺼져 있었다. 뭐 그리 바쁜 일이 있는지 점심을 먹자마자 교무실에 틀어박혀서는 꼼짝도 하지 않았다. 마지막 시간인 수학시간이 닥치도록 결국은 한마디 귀뜸도 해주지 못한 것이다.

"L은 대체 누구지? 그리고 올빼미는? ……분명히 우리 반 애들 중 한 명일 텐데…… 이거 어째 일이 재밌게 돌아가는 것 같다."

수진이가 오른팔로 턱을 괴고 허공을 바라보며 말했다. 카페에는 별 관심이 없더니 갑자기 부쩍 호기심이 이는 모양이었다.

"재밌기는 뭘……."

예닮이가 내 눈치를 흘금 보며 말했다. 수진이는 여전히 골똘한 표정으로 중얼거렸다.

"2대 올빼미라……."

"혹시 윤선이가 외국에서 카페를 운영하는 거 아닐까?"

"말도 안 돼."

수진이가 예닮이를 향해 단호하게 고개를 저어 보였다. 그러고는 윤선이에게 메일을 보냈지만 열어보지도 않더라는 소리까지 덧붙였다.

"그럼 대체 누구지? ……맞다. 김주경! 네가 올빼미랑 친했지? 야, 네가 2대 올빼미냐?"

예닮이가 갑자기 주경이의 등을 쿡 찌르며 물었다. 그러자 주경이가 문제집을 소리 나게 덮고는 획 몸을 돌렸다.

"제발, 제발 나 좀 가만히 놔둬라, 응? 그깟 교생이 뭐라고 이렇게 수선들이냐? 올빼미가 누구든 말든, 그게 무슨 상관이야? 교실 분위기가 이게 뭐냐?"

주경이가 신경질을 부렸다. 그러고는 발딱 일어나 쾅쾅거리며 교실 밖으로 나가버렸다.

"쟤, 왜 저러니?"

예닭이가 한 대 맞은 얼굴로 물었다.

"중간고사 수학 시험 망친 다음부터 계속 저래. 건드리면 바로 폭발이라니까! 쟤, 과학고 준비하잖아. 근데 수학에서 영 안 풀리나 봐. 그리고 너는 암만 그래도 그게 말이 되냐? 김주경이 올빼미 행세를 하면서 카페를 운영한다고?"

"알 게 뭐야. 인터넷에서 완전히 딴 얼굴로 바뀌는 사람이 얼마나 많은데."

예닭이는 끝내 의심스러운 눈길로 주경이의 빈자리를 바라보았다. 수진이가 한심하다는 듯 혀를 차더니 예닭이 앞에다 프린트를 흔들며 말했다.

"쓸데없는 소리 하지 말고 너도 수학 숙제나 빨리 해. 나는 보라 거 보고 다 베꼈어."

"나도 그러고야 싶지. 하지만 아예 갖고 오지도 않았는걸. 그리고 숙제니 뭐니 하면 뭐 하냐? 어차피 수학은 포기한 지 오랜데."

예닮이가 책상을 끌어안고 퍽 엎어졌다.

수학을 포기하다니, 그건 곧 인생을 포기한다는 뜻이다. 아, 이모가 들었다면 성적이 인생의 전부냐는 등 뜬구름 잡는 소리를 할지도 모르겠다. 하지만 현실은 현실이다. 게다가 우리 담임 정도 되는 수학 선생을 만나놓고서 수학을 포기하겠다는 것은 말이 안 된다.

4학년 때부터 학원이라면 이골이 난 나이지만, 우리 담임만큼 쌈박하게 가르치는 수학 선생을 본 적이 없다. 수학 경시 보충반 애들 말로는 영재 수학도 너끈하다고 한다. 우리 담임의 실력에 대해서는 그 누구도 딴죽을 걸지 못한다. 이모가 말하기를 사람이 무언가에 열중한 것처럼 멋진 모습은 없다고 했는데, 나는 수학 수업에 열을 올리는 담임에게서 때로 그런 모습을 본다.

그러니 우리 담임은 콧대가 높다.

선생이랍시고 덮어놓고 큰소리를 치는 것이 아니라 인간 자체가 도도하다. 실력도 실력인 데다 하고 다니는 걸 보면 집도 좀 사는 눈치다. 한 달에 두세 번만 빼면 늘 단정한 양복 차림인데, 그게 한눈에 보기에도 꽤나 값나가는 차림새다. 수업시간마다 교탁에 꺼내놓고 쓰는 손수건의 문양이며 마크도 틀림없는 명품이다. 갓 뽑은 듯 번쩍거리는 중형차 역시 눈길을 끈다. 오죽하면 별명이 럭셔리 장이겠는가. 예닮이는 무슨 선생이 저렇게 사치를 부리느냐고 까탈을 잡기도 하지만 내 생각은 좀 다르다. 담배 냄새를 풀풀 피우면서 꼬질꼬질한 셔츠를 며칠씩 입고 다니는 선생들에 비하면, 깔

끔하고 세련된 담임 쪽이 아무래도 낫다.

담임은 오늘도 감색 양복 안에 옅은 하늘빛 와이셔츠를 받쳐 입고 짙은 자주색 타이를 맸다. 머리카락 한 올 흐트러지지 않게 빗어 넘긴 헤어스타일까지 받쳐주니 선생이라기보다는 드라마에 등장하는 '실장님'쯤 되어 보였다.

담임은 왼손으로 교탁을 짚고 비스듬히 선 채 수학 숙제를 한 장씩 들추어 보았다. 그러더니 화이트보드를 향해 돌아서서 가지체를 닮은 글씨로 또박또박 수학 문제를 적기 시작했다. 오늘 아침 자습시간에 승범이가 냈던 문제들이었다. 그렇다면 누군가가 불려 나갈 차례라는 얘긴데.

"김예닭, 김언태, 송은하, 조인호. 나와라."

담임이 교단 아래로 내려서며 말했다. 넷은 쭈뼛거리며 칠판으로 다가가 마커를 잡았다.

하지만 십 분이 넘게 흐르도록 넷 중 아무도 문제를 풀지 못했다. 그나마 인호는 말도 안 되는 숫자라도 끼적거리고 있었지만, 나머지 셋은 그저 마커만 움켜쥐고 있을 뿐이었다.

"김예닭."

담임이 조용히 말했다.

"네?"

"지난 두 달간, 수학 숙제를 몇 번이나 냈지?"

예닭이는 아무 말도 못하고 화이트보드에 이마를 박을 듯 고개를 숙였다.

"조인호, 너는?"

담임이 인호 뒤통수로 시선을 옮기며 물었다. 마찬가지로 묵묵부답. 은하도, 언태도 마찬가지다.

담임은 잠시 후 교탁 앞으로 다가서며 말했다.

"네 사람은 제자리로 돌아가 가방을 싸라."

칠판을 향해 서 있던 넷은 흠칫하며 담임을 돌아보았다. 하지만 담임은 여전히 정면을 주시한 채 교실 맨 뒷줄의 창은이 바로 옆자리부터 조르르 잇대어 앉은 네 명의 이름을 불렀다. 그 아이들에게도 가방을 싸라고 말했다.

예닮이와 나머지 애들은 후다닥 제자리로 들어가 조용히 가방을 쌌다. 창은이가 당하는 꼴을 보았으니 미리서 기는 것이었다.

3월 중순이던가?

담임이 창은이에게 똑같은 대사를 날린 적이 있었다. 수업시간에 껌을 씹다가 걸렸는데도 삐딱한 자세로 개긴 것이 문제였다. 하기야 문제는 그날의 껌이 아니었는지도 모르겠다. 아무튼 담임의 말을 듣고 가방을 싸서 일어나면서 창은이는 책상을 발로 툭 걷어찼다.

그러자 담임은…… 휴!

그때를 생각하면 지금도 몸서리가 쳐진다. 컴퍼스로 그린 원처럼 분명한 우리 담임이 그런 식으로 감정을 터뜨리다니. 누구나 뜻밖의 모습을 드러낼 때가 있다고는 하지만, 우리 담임의 경우는 정말 의외였다.

"학교라는 제도의 가장 큰 문제점이 뭔지 아나?"

담임이 물었다.

물론 우리도 할 말이 없는 것은 아니다. 하지만 질문을 던진 사람도 대답을 바라고 있는 것은 아닐 테고, 우리 역시 그만한 눈치는 있다.

"아무런 기준이 없이, 누구나 같은 공간에서 배워야 한다는 거다. 능력이 있는 아이들의 발목을 잡고, 공부할 능력도, 의지도 없는 아이들을 괴롭히는 제도지. 뭐, 내가 그런 생각을 한다고 해봤자 제도가 바뀌지는 않는다. 나야 평범한 교사에 불과하니까. 하지만, 내 교실에서는."

담임이 단호한 말투로 '는' 자를 내뱉으며 잠시 말을 끊었다. 교실 분위기는 붕괴 직전의 건물처럼 아슬아슬했다.

"그런 불합리한 일을 용납하지 않는다. 김예닭, 조인호, 송은하, 김언태, 너희들은 저 맨 뒷줄 자리로 이동해라. 그리고 그 자리에 앉아 있던 사람들은 일단 적당히 빈자리에 앉도록."

예닭이는 나와 눈도 한 번 마주치지 않고 조용히 가방을 싸서 뒷자리로 갔다. 나머지 애들도 기척을 조심하며 재빨리 이동했다. 예닭이가 앉았던 내 옆 자리에는 홍태주가 와서 앉았다.

자리 이동이 끝나자 담임이 다시 말했다.

"이제부터 너희가 숙제를 하지 않거나 수업시간에 졸거나 성적
이 떨어지거나, 나는 신경 쓰지 않는다. 그래도 학교는 나와야 한
다. 나로서야 이해 가지 않는 일이지만, 그게 법이라고 하니 어쩔
수 없는 일이지. 너희들도 이편이 나을 거야. 괜히 눈치 보고 들볶
일 필요도 없고, 그래도 졸업장은 나올 거고. 이제부터 그 자리가
너희들의 고정석이다. 절대, 자리를 옮겨 앉아서는 안 된다. 마치
이 교실에 존재하지 않는 것처럼 그 자리에 죽은 듯이 엎드려 있
어라. 축하한다. 너희들은 이제부터 자유다.'

비아냥거리는 말투도, 화를 내는 말투도 아니었다. 체육대회 날
짜를 예고하거나 도서관 이용지침 변경을 알릴 때처럼 담담한 목
소리였다.

"저 자유가 부러운 사람은 언제든지 말해라. 난 상관하지 않을
테니까. 모두 바쁜 세상인데 합리적으로 살아야지. 안 그래? 자, 그
럼 38쪽을 펴라."

담임은 교과서를 집어 들었다.

우리 담임은 자리 배치 같은 일에는 털털한 구석이 있어서, 우리
는 앉고 싶은 곳에 앉을 수 있다. 그런데 창은이가 첫 번째로 고정
석의 주인공이 되었고, 이제 네 사람이 더 추가된 것이다.

수업이 끝나고는 곧장 종례였다. 담임은 별다른 이야기가 없다
며 간단히 종례를 끝냈다. 그런 다음 수학 숙제 프린트 뭉치를 이
모에게 건네고 교실에서 나갔다.

“장난 아니다.”

수진이가 담임의 뒷모습을 향해 고개를 절레절레 저으며 말했다. 나도 어쩐지 큰 싸움이라도 끝낸 것처럼 기운이 쪽 빠졌다. 그래도 애써 다리에 힘을 주고 벌떡 일어나 교실 뒤편으로 달려갔다.

맨 뒷줄 창가 자리에 앉은 창은이, 그리고 그 옆으로 은하와 예닮이가 나란히 앉아 있었다.

“야, 괜찮냐?”

나는 애써 가벼운 말투로 예닮이를 툭 치며 물었다.

“뭐가.”

예닮이답지 않게 짜증스러운 대꾸였다. 지윤이도 다가와 말했다.

“며칠 지나면 잊어버리겠지. 설마 일 년 내내 그러겠니. 기분 풀고 며칠만 참아.”

그러자 인호가 손사래를 쳤다.

“무슨 말씀! 며칠 지나면 잊다니? 야, 숙제도 안 해도 되고, 졸아도 되고 성적이 나빠도 된다고? 한마디로 땡큐다, 땡큐야.”

“으이그, 이 푼수야.”

지윤이가 인호의 뒤통수를 툭 치며 말했다. 인호는 그래도 좋다고 시시덕거리며 더욱 부산을 떨었다. 하지만 예닮이는 굳은 얼굴로 모두를 외면한 채 책상 위에 놓인 수학책과 노트를 거칠게 가방 속에 집어넣었다.

“맞다. 그거 물어봐야지.”

인호가 제 다리를 찰싹 때리며 말했다. 그러고는 의자 위로 올라
서며 목청을 높였다.

"샘! 샘!"

예닮이가 고개를 번쩍 들었다. 나도 얼른 고개를 돌려 이모를 바
라보았다.

"왜?"

프린트물을 맨 앞줄 아이들에게 나눠 주며 이모가 물었다.

"질문 있어요!"

인호가 소리쳤다.

"무슨 질문?"

"샘, 결혼했죠?"

"결혼? 아아니."

이모가 심드렁하게 고개를 저었다.

"정말요?"

"그래."

"그럼 초록이는 누구예요?"

인호가 물었다.

"초록이를…… 어떻게 알아?"

이모가 미간을 살짝 모으며 물었다. 흑백 화면 속에 이모만 갑자
기 선명한 컬러로 도드라진 것 같았다.

"누군데요?"

수진이가 톡 하고 나섰다. 이모의 시선이 잠시, 나에게 다가왔
다. 나는 얼른 고개를 숙였다.

"초록이는……."

이윽고 이모가 다시 입을 열었다.

"내 딸이야. 진,초,록. 올해 초등학교 1학년."

"거봐요! 근데 왜 결혼 안 했다고 거짓말했어요?"

인호가 큰 발견이라도 한 듯 수선을 피웠다.

"거짓말한 거 아니야. 나 결혼 안 했어."

이모 말투가 좀 딱딱해졌다.

"근데 어떻게 딸이 있어요?"

"난 그래. 결혼은 안 했지만 딸은 있어."

뭐 하러 저런 얘기를 있는 대로 털어놓는단 말인가? 사실은 결
혼을 했다며 웃어넘길 수도 있고, 은근슬쩍 대답을 않고 뭉갤 수도
있다. 왜 사생활을 캐묻느냐고 쏘아붙일 수도 있다. 그런데 그 많
고 많은 방법을 다 놔두고 고작 저런 소리라니.

나는 애먼 책상만 노려보았다.

"또 질문 있니?"

이모가 물었지만, 아이들은 서로 눈치를 흘금거리며 아무 말도
하지 않았다. 더 이상 질문도 없었다.

"그래. 그럼 내일 보자."

이모는 교실에서 나갔다. 탁탁탁, 슬리퍼가 바닥을 치는 소리가

빠르게 멀어졌다.

"그러니까 뭐야, 미혼모라는 거야?"

누군가 새된 목소리로 물었다.

그렇다. 우리 이모는 미혼모다.

그러니까 결혼도 하지 않고 덜컥 애를 낳아버린 대책 없는 인간이라는 얘기다. 표현이 좀 심한가? 그래도 사실은 사실이다. 이모는 결혼을 '아직' 안 한 게 아니라 '아예' 안 한 것이기 때문에 '미'혼모가 아니라 '비'혼모라고 극구 주장하지만.

"그런 놈을 사랑한 것은 내 인생 최대의 실수였어. 사랑의 콩깍지만큼 무서운 게 없거든. 똥인지 된장인지 구별할 수가 없다니까!"

이모는 초록이 아빠에 대해 이렇게 말했다. 그리고 초록이에 대해서는 이렇게 말했다.

"이렇게 깜찍한 애를 낳다니…… 앤 정말 내 인생 최고의 선물이라니까. 야, 나라에서 표창장이라도 줘야 되지 않냐?"

앞뒤가 안 맞는 얘기다. 최대의 실수를 저질렀더니 최고의 선물이 생기더라? 이모는 그게 바로 인생의 심오함이라고 했다.

하지만 그걸 심오하다고 여기는 것은 이모 혼자다. 우리 엄마는 이모가 미혼모라는 사실을 극구 숨긴다. 심지어 우리 아빠 쪽 친척들도 이모가 유학을 갔다가 결혼한 다음 이혼한 걸로 알고 있다. 이혼모랑 미혼모랑 자음 하나 차이지만 그 의미는 꽤 다른 모양이다. 하기야 내가 듣기에도 제법 차이가 나는 단어다.

그래서 초록이는 우리 엄마의 지나친 배려 덕분에 가끔 남들 앞에서 '김초록'이 된다. 엄마의 성을 딴 '진초록'이라는 어여쁜 이름을 숨겨야 하는 경우가 있는 거다. 초록이 아빠 성이 뭔지는 아무도 모른다. 그건 나도 모른다. 그러니 엄마는 그냥 가장 흔한 성을 갖다 붙여버린 거다.

우리 엄마는 그렇게 발을 동동 구르지만, 이모는 그저 천하태평이다. 어차피 성이라는 게 다 웃기는 거짓말이라나? 미혼모니 뭐니 손가락질하는 사람들에 대해서도 마찬가지다. 세상 누구든 '그 짓' 없이 태어나는 사람이 없는데 왜 남의 '그 짓'을 가지고 왈가왈부하느냐는 거다. 남의 '그 짓'에 대해 이러쿵저러쿵하는 것이야말로 진정한 변태라고도 한다. 그러면서 하는 말이 자기가 잘못한 것은 딱 한 가지, 아이 낳을 계획도 없으면서 콘돔 없는 남자와 '했다'는 사실이란다.

그런 이모지만 오늘의 일은 아무래도 충격이었을 것이다.

이모 딴에는 애들한테 정을 담뿍 들이고 있었는데, 좋은 선생님 노릇을 해보겠다고 무진장 애쓰고 있었는데. 엄마가 그렇게 말해도 싫다고 흥흥 하더니, 자청해서 교사 임용고시를 보겠다고 결심한 참이었는데. 그런데 애들 입에서 그런 질문이 나왔으니 이모가 얼마나 당황했을 것인가.

이모, 괜찮아?

문자를 보내고 나는 상가 현관 턱에 쭈그리고 앉았다. 매일 가는 학원인데, 오늘따라 몹시 피곤하게 느껴졌다. 까짓 미혼모라는 게 알려졌다고 뭐 그리 대수냐고, 그렇게 마음먹어보려고 애썼다. 하지만 잘 되지 않았다. 자꾸만 기운이 빠졌다. 나는 쭈그린 다리를 몸 쪽으로 끌어당겨 무릎에 턱을 걸쳤다.

그런데 뒤편 상가 쪽에서 타다닥 하고 인기척이 들렸다. 그러더니 녀석이, 내 앞에 불쑥 나타났다.

"연보라!"

울림이 좋은 그 목소리로 나를 부르면서.

그리고 녀석은 내 옆에 털썩 주저앉았다. 나는 슬그머니 시선을 돌리며 자세를 고쳐 앉았다.

"연보라가 어디 아픈가?"

"연보라 아니야. 이보라지."

나는 애써 퉁명스럽게 대꾸했다. 그래도 녀석은 호쾌하게 웃으며 말했다.

"맞아, 맞아. 이보라. 아버지가 물려주신 성을 갖고 장난치면 안 돼. 그치?"

아버지가 물려주신 성이라는 말을 들으면 나는 좀 고깝다. 초록이가 떠올라서다. 하지만 그런 생각이 조금도 들지 않았다. 녀석과 나만의 특별한 호칭, 연보라라는 단어가 굴거품처럼 사라져버릴까, 그것만 걱정이었다.

"참, 너 핸드폰 번호 좀 찍어주라.'

녀석이 제 핸드폰을 내게 불쑥 내밀었다.

"주소록에 나와 있잖아."

마음과는 다른 어깃장, 대체 내 성격은 왜 이 모양이지.

"주소록 잃어버렸어. 그냥 여기다 찍어줘."

나는 녀석의 핸드폰을 받아 폴더를 열었다. 아껴둔 용돈을 털어 열두 권을 모두 사들일 만큼 내가 흠뻑 빠져버린 만화의 주인공 캐릭터. 그게 바로 녀석의 첫 화면이었다. 녀석과 나는 확실히 통하는 구석이 있는 모양이다. 주책없는 웃음이 자꾸 비어져 나왔다. 하지만 나는 애써 태연하게 물었다.

"너 왜 요새 여기서 버스 타? 너희 집은 8단지잖아."

“연보라 보려고 여기서 타는 거지.”

쿵!

혹시 내 심장이 차가운 아스팔트 위를 굴러다니고 있는 것은 아닐까. 나는 서둘러 녀석에게 핸드폰을 넘기고 얼른 고개를 숙였다. 보도블록 갈라진 틈새로 푸릇푸릇한 이끼가 선명할 뿐, 어디에도 내 심장은 보이지 않았다. 어쩌면, 녀석이 통째로 삼켜버린 것은 아닌지.

“요즘 운동 부족이라서 말이야. 우리 집에서 여기까지 두 정거장이잖아. 운동 삼아 걷기에 딱 좋거든.”

녀석은 내 심장을 삼켜버린 붉은 입술로 반달을 그리며 씨익 웃었다. 이상했다. 심장은 분명 녀석이 꿀꺽했는데 여전히 가슴이 뛰었다.

“버스 왔다!”

녀석이 외쳤다. 그러더니 내 어깨를 살며시 짚으며 일어섰다.

“타자.”

녀석은 나를 지나쳐 성큼 버스에 올라탔다.

“안 타?”

기사 아저씨의 재촉을 받고서야 나는 허둥지둥 버스에 올라탔다. 옆에 누가 있는지 제대로 보지도 못하고 무턱대고 맨 앞자리에 앉았다. 녀석은 뒤의 뒤의 자리에 앉는 것 같았다.

박승범.

녀석을 처음 본 게 언제였을까? 6학년 여름방학, 특수고 전문이라는 이 학원으로 옮긴 후 녀석과 나는 같은 반이었다. 물론 한 달 후 정식 시험이 끝나자 녀석은 나보다 두 단계 윗반으로 올라가 버렸지만.

그저 공부 잘하고 멀끔하게 생긴 녀석인 줄만 알았다. 늘 자신만만한 태도가 부럽기도 하고, 1등을 놓치지 않는 녀석의 성적에 배알이 꼬이기도 했다.

그런데 나도 모르겠다.

언제부터 이렇게 이상한 기분에 휩쓸리게 된 것인지.

"야, 너희 반 교생이 미혼모라며? 그래서 난리 났다며?"

망할 녀석 하나가 승범이에게 물었다. 하지만 승범이는 대수롭지 않다는 듯 대답했다.

"난리는 뭘……."

"하기야 그 인물에 오죽했겠냐. 너희 교생 얼굴도 예쁘고……
몸매 죽이잖냐. 그 정도면 괜찮지, 뭐."

속에서 뜨거운 게 와락 치밀었다. 생각 같아선 그대로 일어나 빌어먹을 녀석의 뺨이라도 후려치고 싶었다. 오죽하다니, 너 따위가 우리 이모에 대해 대체 뭘 안다고!

승범이가 그런 내 속을 읽었나 보다.

"시끄러, 인마."

"짜식, 내숭은…… 솔직히 말해봐. 네가 봐도 괜찮지 않냐?"

"뭐, 그 정도면…… 예쁘지. 나이에 비해 젊어 보이고……. 됐어. 그 얘긴 관둬."

승범이의 대답에 잔뜩 치밀었던 마음이 그만 누굿해졌다.

다들 이모를 도마 위에 올려놓고 두드려대는 판국에, 승범이는 역시 다르다. 승범이처럼 성숙한 아이들도 있으니 이모에 대한 요란한 소문은 이제 곧 사그라질 것이다. 어찌 되었든 이미 일주일이 넘게 흘렀고, 이모는 곧 떠날 사람이다.

그렇게 마음을 놓고 나니 머릿속엔 딱 한 가지 질문만 남았다.

박승범. 녀석의 진심은 무엇일까?

학원 수업이 끝난 후 핸드폰 전원을 켜면서 나는 비로소 이모를 다시 떠올렸다.

나 자신이 이렇게 의리 없는 인간인 줄은 미처 몰랐다. 남자애 말 한마디에 온통 정신을 놓고 이도 일을 까맣게 잊어버리다니.

문자 메시지 3통, 캐치콜 2통.

문자 메시지는 다른 사람에게서 온 것들이었다. 스팸 하나, 안부 문자 두 개. 그리고 전원이 꺼져 있는 동안 걸려온 전화 두 통은 이모였다. 나는 얼른 이모에게 전화를 걸었다. 하지만 전원이 꺼져 있었다.

그러고 보니 수요일, 이모가 홍대 앞에 가는 날이다. 그렇다면 이모가 오늘의 찜찜한 기분을 모두 털어내고 올지도 모른다. L이 올린 사진도 볼 만한 애들은 다 보았을 테고, 이모의 솔직한 대답에 의문도 풀린 셈이다. 나는 불안과 기대가 뒤섞인 기분으로 카페에 들어갔다.

너의 목소리가 들려 너의 목소리가 들려 너의 목소리가 들려 너의 목소리가 들려 아무리 애를 쓰고 막아보려 하는데도 아무리 애를 쓰고 막아보려 하는데도

어제보다 더한 분위기, 카페에 접속 중인 회원수는 무려 열 명이었다. 게다가 '정체를 밝혀라'에는 새 글이 또 올라와 있었다.
글을 올린 것은 역시 L, 어제와 비슷한 4시 45분이었다.

이 사람은 누구일까요?

설마…… 또 이모? 아마도…… 또 이모? 나는 갈팡질팡하는 마음으로 L이 올린 글의 제목을 클릭했다.
역시나.
첫 번째 사진은 어깨가 통째로 드러나는 붉은 탱크톱에 찢어진 청바지를 입은 이모가 노래를 부르는 사진이었다. 작년 겨울, 이모

가 노래를 부르는 클럽에서 꽤 큰 행사를 했을 때의 사진이다. 이모가 노래하는 클럽은 규모도 작고 이모처럼 이름 없는 가수들이 주로 활동한다. 그런데 그날은 꽤 이름난 그룹이 참여하는 바람에 관객이 무지 많았다고 했다. 이모는 흥분의 도가니에서 허우적대느라 아침부터 물 한 모금 제대로 못 삼켰다. 사진 속의 이모는 섹시하고 야성적이었다. 그리고 행복해 보였다.

두 번째 사진도 같은 날이었다. 같은 옷차림의 이모는 술에 취해 알딸딸한 얼굴로 한 손에 담배를 든 채 옆 사람에게 비스듬히 기대어 있었다. 이모가 기대고 있는 옆 사람의 얼굴은 잘렸지만 남자 어깨처럼 보였다. 그 사진을 처음 보았을 때 이모에게 그 어깨가 애인이냐고 물었다. 그랬더니 이모는 깔깔 웃으며 그 남자는 이모의 수많은 추종자 중 한 명일 뿐이라고 뻐겼다. 믿거나 말거나, 이모의 주장은 그랬다.

세 번째 사진은 바닷가에서 찍은 것인데 맙소사, 나도 함께였다. 초록이 생애 최초의 사진 작품인지라 내 얼굴은 잘리고 몸통의 절반만 찍혔다. 이모의 얼굴도 이마 위쪽으로는 잘려버린 사진이었다. 하지만 하늘빛 민소매 원피스를 입은 이모의 빗장뼈가 유난히 도드라져 보였다. 조금만 더 수그렸다면 가슴골이 훤히 들여다보였을 것이다.

그렇다. 우리 이모는 가수다. 아니, 가수이고자 하는 사람이다.

이모는 자기 음반은 물론 제대로 된 노래 한 곡 없다. 그래도 노래하는 걸 관두지는 않는다. 요즘은 일주일에 두 번, 홍대 앞 클럽에서 노래한다. 한때는 그룹에서 활동했고 지금은 솔로다. 이모는 그러느라 서른이 되도록 대학 졸업장도 못 땄고, 그 와중에 혼자 몸으로 아이를 낳아 기른다.

엄마는 초록이 성처럼 이모가 클럽에서 노래한다는 것도 쉬쉬한다. 그저 학교에 다니면서 피아노 레슨을 한다고만 말한다. 뭐, 피아노 레슨으로 돈을 버는 것도 사실은 사실이니까. 기껏 클럽 가수, 그것도 서른을 넘겨버린 무명가수. 솔직히 나 역시 이모가 그러고 사는 게 마냥 자랑스러운 것은 아니다.

게다가 여자는 왜 담배를 피우면 안 되느냐고 딱 부러지게 말하는 애들도 막상 실제로 여자가 담배 피우는 걸 보면 눈살을 찌푸리기도 한다. 창은이가 담배를 피운다는 소문이 났을 때도 꽤나 말들이 많았다.

이제 어쩌면 좋을까.

L의 첫 번째 글 조회수는 어느새 40을 넘겨버렸다. 우리 반 전체 수보다 조회수가 더 많았다. 뭐가 재있다고 두 번씩 들여다본 인간들도 있는 모양이었다. 두 번째 올린 글도 무서운 속도로 조회수를 갱신하고 있었다.

"자니?"

이모가 내 방문을 빠끔 열었다.

겨우 11시, 이모가 클럽에 가는 날치고는 이른 귀가다. 이모는 감기 기운이 있어서 평소보다 빨리 끝냈다고 말했다. 목소리가 꽉 잠긴 것으로 보아 그런 듯도 싶고, 어깨가 처진 것으로 보아 감기는 핑계인 듯도 싶었다.

어쨌든 전할 소식은 전할 도리밖에.

"그 자식이 사고를 하나 더 쳤어."

"그 자식?"

"봐."

나는 의자에서 일어났다. 이모가 고개를 갸우뚱거리며 컴퓨터 앞으로 다가앉았다.

"'0205 비밀의 방'이라……."

이모가 중얼거리며 마우스를 끌었다. L의 두 번째 글을 보고 연달아 첫 번째 글을 보았다.

"저거, 내 싸이에 있는 사진들이야."

이모가 가볍게 툭 던지듯 말했다.

"싸이?"

이모가 고개를 끄덕였다.

"그래, 누군지 싸이 뒤지느라 고생깨나 했겠다. 진, 숙, 경. 흔해빠진 이름인데."

이모가 쓸쓸한 미소를 지으며 허공에 대고 손가락으로 자기 이름을 천천히 썼다.

"얼른 지워. 아니면 싸이 문을 닫든가. 다른 거 더 퍼 나르면 어떡해?”

“더 퍼올 것도 없어.”

“내 사진은?”

시키지도 않은 방정을 떨다니, 내 입을 한 대 쥐어박고 싶었다. 하지만 이모는 모니터에 뜬 사진을 물끄러미 바라보며 담담하게 말했다.

“있지. 그렇지만 다 비밀글로 해놨으니까 걱정 마. 저건 어쩌다 몇 개 공개해놓은 것들이야.”

“이제 어떡하지?”

“어떡하긴 뭘 어떡해? 그러려니 해야지.”

그렇게 말하며 이모는 의자에서 일어나 가방을 집어 들었다.

“아무튼 다행이다. 너랑 내 사이를 아무도 몰라서. 너까지 입방아에 오르면 어쩔 뻔했니. 나야 뭐, 이골이 났지만. 간다. 잘 자.”

이모가 방문을 열고 나갔다.

일이 이렇게 될 줄은 몰랐는데. 그저 당황해서, 이모의 갑작스러운 등장에 놀라서 입을 다문 것뿐인데.

오, 교생 몸매 역시 짱. 완전 섹쉬~

미혼모라, 드라마에만 나오는 건 줄 알았더니 진짜로 있구나.

애가 예쁘네. 얘도 나중에 크면 좀 놀겠는데.

저 남자는 누굴까? 열 번째 애인? 아니, 스무 번째?

L의 글에 댓글이 붙기 시작했다. 접속자 수도 줄어들 생각을 하지 않았다. 한 사람이 나가면 한 사람이 들어왔다.

나는 야간 경비원처럼 도사리고 앉아 카페를 지켜보았다. 루루공주가 대화를 신청했지만 그것도 묵살하고, 그저 L이 올린 글만 되풀이 들여다보았다. 그러다 새벽 2시쯤. 카페에 나 혼자 남게 되었을 때 올빼미에게 쪽지를 보냈다.

안녕. 나 이보라야.

실은 진숙경 선생님이 우리 이모야. 교생 조카라고 주목받는 게 싫어서 밝히지 않았던 거야.

그런데 일이 이상하게 돌아가고 있어.

L의 글, 그거 삭제해줬으면 좋겠어. 아니, 꼭 그렇게 해줘. 아무리 자유롭게 글을 쓰는 카페라고는 해도 이건 좀 심하잖아.

네가 누군지는 모르겠지만, 우리 반 애들 중 한 명이겠지.

내 얼굴을 봐서 좀 지워줘. 꼭 부탁해.

소문 하나에 소문 하나가 더해지면 둘이 될까? 물론, 그렇지 않다. 두 개의 소문은 서로를 부추기고 격려하며 무한대로 부풀어 오른다.

교실에 들어서자 소문의 열기로 내 얼굴이 후끈 달아올랐다.

미혼모라는 단어가 멋대로 돌아다니고 술에 담배, 게다가 밤무대 가수라는 단어까지 날뛰었다. 연예계에 발을 들인 여자치고 성한 여자는 없다고, 기도 안 차는 소리를 하는 애들도 있었다. 남자애들 입에서는 섹시하다는 둥, 멋있다는 둥 하는 소리가 나왔지만 그것도 단순한 칭찬으로 들리지는 않았다.

"아직 쪽지를 못 봐서 그랬을 거야. 설마, 네가 그런 쪽지까지 보냈는데 이제 지우겠지. 분명히 그럴 거야. 걱정 마⋯⋯."

예닮이가 내 자리 옆 통로에 쭈그리고 앉아 소곤거렸다.

처음부터 그런 생각을 했지만 이제야 쪽지를 보낸 거라고 고백할 수는 없었다. 아무리 예닮이라고 해도 그런 말은 안 나왔다. 나는 그저 고개만 끄덕였다.

처음부터 이랬어야 했는데. 올빼미에게 솔직히 고백하고 부탁했어야 했는데. 아니, 비밀이니 뭐니 공연한 짓을 하지 말았어야 했는데.

"참, 은하가⋯⋯."

예닮이가 내게 몸을 바싹 붙이며 낮게 속삭였다.

"⋯⋯기억하더라. 처음부터 알아봤대."

"그런데?"

"그런데는 뭐. 네가 모르는 척하고 있는 것 같고⋯⋯ 아는 척 나서기도 그렇고⋯⋯ 그래서 그냥 가만히 있었대. 사실 은하가 별나게 아는 척하고 나서고 그러는 성격이 아니잖아. 은하가 네 걱정하더라."

"지가 남 걱정할 처지냐? 자기 앞가림이나 잘하라고 해."

나는 퉁명스럽게 쏘아붙였다.

아, 나는 도대체 왜 성격이 이 모양일까. 마음이 움직일수록 말은 더 거세게 벋대기만 하니.

"기집애."

예닮이가 교복 재킷 주머니에 양손을 폭 찔러 넣으며 일어섰다.

"뭐어."

나는 여전히 심통을 부렸다.

"남 걱정하는 데 무슨 자격이 필요하냐? 가만 보면 넌 좀 웃겨."

예닮이는 팩 하고 돌아서 제자리로 가버렸다.

엎친 데 덮친다더니, 어쩌면 이 와중에 예닮이마저 내 신경을 건드리는 걸까. 나는 지끈거리는 머리통을 손가락으로 꾹꾹 누르며 눈을 감았다.

그런데 이번에는 수진이가 헐레벌떡 달려 들어오며 소리쳤다.

"야, 얘기 들었냐? 어제 3학년 오빠 하나가 구급차에 실려 갔대."

"그게 무슨 소리야?"

주경이가 고개를 돌리며 끼어들었다.

"몰라. 우리 윗집 언니가 그러더라. 그 반에서 어제 사고 크게 터졌대. 3학년 오빠 하나가 누굴 되게 팼는데, 갈비뼈가 나갔다나 어쨌다나……. 야, 어디 무서워서 학교 다니겠냐?"

수진이는 몸서리를 쳤다.

"그래서?"

"글쎄, 들입다 패놓고 일이 커지니까 가출을 했다나 봐. 그대로 튀어서는 지금까지 감감무소식이란다. 근데 있지, 그 오빠가 스톰이라더라. 왜, 은하 애인이라는 스톰 짱 있잖아."

“스톰?”

우리는 약속이라도 한 것처럼 뒤를 돌아보았다.

스톰은 인근 중고생들이 모여 만든, 이른바 연합 댄스 동아리이
다. 우리 사이에는 꽤나 이름이 알려져 있다. 뭐, 유명하다고 하기
는 좀 그렇고 악명이 높다고 해야 하나? 춤 실력에 대한 소문은 거
의 없다. 그 대신 술이나 담배, 사소한 폭력은 물론이고 남녀 간의
끈적한 소문 역시 빠지지 않는다. 은하 역시 스톰의 짱이라나 뭐라
나 하는 오빠랑 그렇고 그런 사이라는…… 그러니까 갈 데까지 갔
다는 소문이다.

“문제는 말이야.”

수진이가 자세를 고쳐 앉으며 다시 입을 열었다.

“갈비뼈가 부러진 오빠네가 여간한 집이 아니라는 거지.”

“그건 또 무슨 소리야?”

“그 오빠네 엄마가 성질이 장난이 아니래. 초등학교 때 그 오빠
가 살짝 은따를 당했는데, 글쎄 학교로 찾아와서 교무실을 쑥대밭
으로 만들었댄다. 그뿐이냐? 아빠라는 사람은 교실로 찾아가서 은
따시킨 애 뺨을 때렸대나 어쨌대나……. 근데 이번에 자기 아들
갈비뼈가 부러졌는데 그 뭐냐, 그래, 가해자는 도망을 간 거잖아.
그러니 어떻게 됐겠냐?”

수진이는 입이 마르는지 침을 꼴깍 삼켰다.

“어떻게 됐는데?”

“그 반 담임이 올해 새로 온 사회 알지? 그 쌍꺼풀 수술 티 나는 아줌마.”

우리는 고개를 끄덕였다.

“멋만 잔뜩 부리고 다니지 머리는 텅텅 비었대. 자기 반에서 뭔 일이 있거나 말거나 무관심. 그 맞은 오빠랑 스톰 몇 명이랑 원래 계속 안 좋았대. 하지만 그 담임은 아무것도 몰랐다는 거지. 그러니 그 유난스러운 학부모가 가만히 있을 리 있겠냐? 아마 난리가 날 거다.”

“그 후에 어떻게 된 건지는 모른다는 얘기잖아. 그 아줌마가 난리를 피울 거라는 건 네 추측일 뿐이고.”

지윤이가 따지듯 말했다. 수진이는 토라진 표정을 지었다.

“추측이나 뭐나 뻔한 거지, 뭐.”

지윤이와 수진이는 추측과 사실 사이의 거리가 얼마나 되는지를 놓고 토닥거리기 시작했다. 그러다 지윤이가 짜증스럽다는 듯 책상을 끌어안고 엎드리며 말했다.

“몰라. 그만 해. 그런 얘기 더 하기 싫어.”

늘 흥흥 웃고만 사는 지윤이가 무슨 일인지 모르겠다. 오늘은 아침부터 어쩐지 신경이 날카로워 보였다. 수진이도 의아하다는 듯 나를 바라보며 두 손바닥을 위로 으쓱해 보이더니 자기 자리로 돌아앉으며 말했다.

“하긴 나랑 무슨 상관이람.”

그런데 2교시 수학시간, 담임은 수업을 시작하는 대신 백지를 한 장씩 나누어 주었다.

"우리 반에도."

담임이 목소리를 쫙 깔고 입을 열었다. 교실 공기가 고개를 조아리듯 아래로 가라앉았다.

"불량 서클에 가입한 아이가 있다. 그 밖에도 학생으로서 해서는 안 될 행동을 하는 아이들이 있다. 학교에서는 있을 수 없는 일이 일어나고 있다. 바로 이 내가."

담임은 분기가 치미는지 말을 멈추었다. 입술을 꾹 다물고 잠시 천장을 올려다보았다. 그러고는 다시 말을 이었다.

"바로 이 내가 가르치는 반에서."

담임은 입술을 꾹 다물고 찬찬히 우리를 바라보았다. 한 사람 한 사람, 속까지 들여다볼 듯이 날카로운 시선을 들이대었다. 그 시선에 걸려들면 어쩐지 내 기억에 없는 잘못이라도 들추어질 것만 같았다.

"지금부터, 나눠 준 종이에 불량 서클이나 잘못된 행동을 하는 아이들에 대해 알고 있는 사실을 도두 적어라. 이런 얘기를 적어도 되는지 안 되는지, 그런 고민 따위는 하지 마라. 아는 건 다 적어라. 너희는 아직 어리고 학생일 뿐이다. 교사인 나는 너희를 보호하고 이끌 책임이 있고, 학교는 그럴 능력이 있다. 모든 걸 솔직하게 적어라."

그렇게 말한 후 담임은 창가로 다가가 섰다. 이모는 앞문 옆 게시판 앞에 선 채 꼼짝도 하지 않았다.

그리고 긴 침묵. 연필 사각거리는 소리 하나 나지 않았다. 학교 폭력 예방 기간이라나 뭐라나, 1학년 때도 두어 번 이런 적이 있었다. 하지만 이런 설문에 시시콜콜한 얘기를 적는 애들은 없다. 그래봤자 시끄러운 일이나 생길 뿐, 달라질 건 아무것도 없으니까.

그런데 어디선가 띵띠리링 하고 벨소리가 들려왔다. 핸드폰에 문자가 들어오는 소리였다. 가방 속에 들어 있는 모양인지 소리는 가늘고 둔탁했다. 하지만 낯선 침묵 속에서 그 소리는 너무도 또렷했다.

"누구냐."

담임이 물었다.

아무도 대답하지 않았다. 대신 벨소리가 또 들렸다. 담임은 소리가 난 방향을 향해 성큼성큼 걸었다. 세 번째로, 또 띵띠리링. 그리고 담임이 멈춰 섰다.

"꺼내라."

인호가 바짝 언 채 가방을 열어 핸드폰을 꺼냈다.

"방해하지 말라고, 내가 분명 경고했을 텐데? 그 간단한 것도 못 지키나?"

담임이 싸늘하게 말했다.

"죄송합니다. 깜박하고 핸드폰 전원을……."

“나가라.”

담임이 말했다. 인호는 달아오른 얼굴을 폭 떨구었다. 담임은 다시 말했다.

“당장 나가라.”

인호가 의자에서 일어섰다. 그러자 담임은 돌아서 앞을 향해 천천히 걷기 시작했다.

하지만 두어 걸음이나 갔을까? 담임이 갑자기 뒤를 획 돌아보며 멈춰 섰다. 담임은 이마 위로 흐트러진 머리칼을 수습하지도 않고 단걸음에 인호 앞으로 돌아왔다.

“방금 뭐라고 했지?”

침묵.

인호뿐만 아니라 우리 모두 숨이 멎었다.

“방금 뭐라고 했느냐고 물었다.”

“예? 아, 아무 말도 안 했는데요.”

인호가 더듬거렸다.

“방금 뭐라고 했지?”

담임이 다시 물었다.

“아무 말도 안 했어요. 그냥 나가려…….”

짝!

담임이 인호의 따귀를 때렸다.

“다시 한 번 묻겠다. 방금 뭐라고 했지?”

"아무 말도……."

짝!

"뭐라고 했지?"

"선생님. 그게 아니……."

짝!

"선생님. 잘못했어요. 제가……."

인호는 빌기 시작했다. 하지만 담임은 멈추지 않았다. 한 대씩 따귀를 맞을 때마다 인호는 휘청, 휘청, 조금씩, 조금씩 밀려났다. 그리고 마침내 뒷문 쓰레기통 앞까지 밀려났다.

"다시 한 번 묻겠다. 뭐라고 했지?"

"잘못했어요. 잘못했어요."

담임이 다시 손을 번쩍 들었다. 그러자 인호가 두 팔을 얼굴 앞으로 웅그리며 울부짖듯 외쳤다.

"씨, 씨, 씨발이라 그랬어요! 그, 그냥 그 말만 했어요!"

그러자 담임이 팔을 내렸다.

"그래, 씨발?"

담임이 머리카락을 뒤로 쓸어 넘겼다. 그러고는 인호를 향해 다시 손을 휘둘렀다. 이번에는 뺨을 겨냥하지도 않았다. 인호는 쓰레기통에 몸을 기댄 채 두 팔 사이로 얼굴을 집어넣고 무작정 얻어맞았다.

무서워서 몸이 떨렸지만 고개를 돌릴 수가 없었다. 눈길이 그대

로 사로잡혀 꼼짝도 하지 않았다. 공포가 내 머리통을 옴짝도 못
하게 움켜쥐고 있는 것 같았다.

봐, 어서 똑바로 봐.

"선생님!"

이모가 달려와 담임의 팔을 와락 움켜잡은 것이었다.

"선생님, 왜 이러세요!"

이모가 다시 외쳤다. 나는 입 안 가득한 신 침을 삼키지도 못하
고 담임을 바라보았다.

다행히, 담임이 와락 들어 올렸던 손을 부르르 떨며 천천히 내렸
다. 그러더니 인호의 셔츠를 움켜쥐고는 한 손으로 뒷문을 열고 내
던지듯 인호를 밀어버렸다. 그리고 문을 닫고는 뚜벅뚜벅 앞으로
걸어 나왔다. 교단을 지나쳐 창가로 가서 팔짱을 척 끼고 창밖을
내다보았다.

담임의 뒷모습을 쏘아보던 이모는 뒷문을 열고 복도로 나갔다.
흐느끼던 인호의 울음소리가 갑자기 커졌다. 조용한 복도에 쩌렁
쩌렁 울렸다. 그러다 조금씩 멀어졌다.

"내가 아무것도 모르면서 너희들한테 즈 으라고 했을 것 같나?"

담임이 여전히 우리에게 등을 보인 채 말했다. 그러더니 수진이
에게 성큼성큼 걸어왔다.

"이수진."

"네?"

수진이가 고개를 번쩍 들며 되물었다.

"아무것도 적을 게 없나? 나랑 둘이 따로 마주 앉아서 얘기를 해야겠어? 그게 아니면 혹시 너야? 우리 반에서 어떤 일이 일어나고 있는지는 내가 다 알고 있는데, 그럼 그런 짓을 한 게 바로 너라는 얘기야?"

"네?"

수진이의 목소리가 위태롭게 떨렸다. 담임은 수진이에게서 한 발 물러나며 모두를 향해 말했다.

"무엇이든 적어 내라. 모른다고 말할 생각은 하지 마라. 생각나지 않는다는 소리도 필요 없어. 생각나지 않으면 생각해내라. 이 교실에서 일어나고 있는 일에 대해 모른다는 변명은 통하지 않는다. 조인호를 빼고 서른여섯 명, 한 장이라도 백지가 나온다면 하나하나 주인을 찾아내겠다. 누가 백지를 냈는지 밝혀내겠다. 만약 끝내 한마디도 적지 않는 사람이 있다면."

담임은 말을 끊고 천천히 통로 사이로 걸었다. 그리고 교실 한가운데에 서서 다시 입을 열었다.

"그 사람이 바로 오늘 내가 찾고 있는 사람이라고 생각하겠다."

담임이 다시 교단으로 돌아와 교탁에 손을 짚었다.

"자, 시작해라."

담임이 말을 마치자 다시 침묵이 흘렀다. 이번에는 그 침묵 위로 사각이는 소리가 겹쳤다. 지윤이는 울음소리를 내지 않으려고 두 손으로 입을 틀어막고 있었다. 그래도 울음소리가 새어 나왔다. 뒤편 어디선가도 훌쩍이는 소리가 들렸다.

4교시가 끝나자마자 담임이 다시 교실로 들어왔다.

"송은하. 따라와."

담임이 말했다.

담임은 은하가 앞으로 나오기를 기다려 교실에서 나갔다. 은하는 고개도 제대로 들지 못하고 담임의 뒤를 따라갔다.

"왜 저러지? 송은하는 갑자기 왜 부르지?"

수진이가 불안한 얼굴로 돌아보며 물었다.

"몰라. 짜증 나. 왜 우리까지 이렇게 덩달아 고문을 당해야 되냐? 미꾸라지 한 마리가 어쩐다더니, 어쩌다 이상한 애랑 같은 반이 되어가지고……."

주경이가 일어나며 책상을 발로 툭 찼다.

"주경아!"

앞 문간에 서 있던 이모가 교실로 성큼 들어서며 소리쳤다.

"왜요?"

주경이가 이모를 노려보며 받아쳤다.

"너…… 너 어쩌면……."

이모가 주경이를 노려보며 말끝을 흐렸다. 그러더니 갑자기 교실 전체를 향해 돌아서며 격앙된 말투로 얘기했다.

"너희들…… 너무하는 거 아니니? 아무리 철이 없어도 그렇지, 아무리 담임이 무서워도 그렇지, 어떻게 그렇게 아무 얘기나 쓸 수가 있니……. 어쩌면 그렇게……."

이모는 말을 잇지 못했다. 카키색 셔츠의 단추 사이가 벌어졌다 닫혔다, 가슴만 무섭도록 들먹였다.

인호가 그렇게 맞는 걸 보고도 우리를 이해할 수 없는 걸까? 담임이 한 사람이라도 백지를 내면 가만두지 않겠다고 한 말, 그 말을 못 들어서 저러는 걸까? 아무리 그렇다고 해도 눈치라는 게 있다면 우리 입장을 이해해줘야 할 것이다. 나마저도 이모가 조금 원망스러웠다.

"왜 저래?"

주경이가 이모더러 들으라는 듯 비꼬아 쏘아붙였다. 그러자 예닭이가 맨 뒷자리에서 벌떡 일어서며 소리쳤다.

"야, 김주경! 너 대체 뭐야?"

주경이도 지지 않고 맞섰다.

"뭘 뭐야? 내가 뭘 어쨌다고?"

"그만 해!"

이모가 소리쳤다. 주경이는 복도로 나가며 앞문을 쾅 닫았다. 이모는 닫힌 앞문을 물끄러미 바라보았다. 그러다 다시 우리를 바라보며 중얼거리듯 말했다.

"그래. 미안하다. 너희들이 무슨 잘못이 있겠니……."

"아아악……."

지윤이가 갑자기 비명을 지르더니 울음을 터뜨렸다. 두 팔로 제 머리를 감싸고 책상에 머리를 박은 채 소리 내어 울었다.

"야…… 너 왜 그래……. 미쳤어?"

수진이가 겁에 질린 목소리로 말했다. 이모가 놀라서 지윤이를 향해 달려갔다.

그런데 앞문이 벌컥 열렸다.

"무슨 일입니까?"

담임이었다.

이모는 아랫입술을 살짝 깨물며 고개를 숙였다. 그리고 곧 담임을 스치듯 교실에서 나갔다. 담임은 이모의 뒷모습을 노골적으로 노려보았다. 그러다 다시 교실을 향해 고개를 돌리며 말했다.

"유창은. 따라와."

창은이가 핸드폰 폴더를 탁 닫으며 일어섰다. 담임이 먼저 앞문으로 나가고 창은이가 뒤를 따랐다.

"우리가 무슨 동네북이냐? 왜 다들 우리보고 난리야? 어쨌든 가자. 죽을 때 죽더라도 밥은 먹어야지. 먹고 죽은 귀신이 때깔도 좋다더라."

누군가 말했다.

그렇게 애들은 하나 둘 교실을 빠져나갔다. 예닮이가 다가와 내 팔을 잡아끌었다. 나는 책상에 얼굴을 묻고 엉엉 울고 있는 지윤이를 달래었다. 어깨를 감싸며 일으켜 세워토기도 하고 진정하라고 등을 쓸어주기도 했다. 하지만 지윤이는 울먹이며 끝내 고개를 저었다.

"나 좀 내버려 둬. 혼자 있고 싶어."

나와 예닮이도 지윤이를 남겨둔 채 급식실로 갔다.

다른 반 아이들은 반 너머 빠져나간 후였다. 죽 늘어선 빈 식탁 위에 음식 찌꺼기들이 너저분했다. 벌써부터 주방 아주머니들이 빈 식탁 위를 주섬주섬 치우고 있었고, 주방에서는 설거지하는 소리가 텅텅 울렸다. 우리 반 아이들은 군데군데 흩어져 앉아 눈칫밥이라도 먹는 것처럼 부지런히 수저를 놀렸다. 평소처럼 왁자하게 떠드는 애들은 별로 없었다. 그래도 끼리끼리 머리를 맞대고 숙덕거리는 소리는 끊이지 않았다.

대체 무슨 이야기들을 적어 낸 것일까.

누구도 자기가 적은 내용을 털어놓지는 않았지만, 남이 무슨 내용을 적었는지에 대한 호기심은 감추지 못했다. 은하와 창은이, 둘에 대한 이야기가 나왔다는 것만은 확인하지 않아도 다들 알 수 있었다.

그중에서도 특히 은하.

은하에 대한 이야기가 다시 한 번 밑반찬 삼아 화제에 올랐다. 스톰에 대한 소문, 특히 은하와 그 스톰 짱과의 관계에 대해 말들이 많았다.

둘이 잤느니 어쩌느니, 그런 은밀한 얘기는 대체 어디서 흘러나오는 것일까. 초록이가 미혼모의 딸이라는 얘기도 어딘지 알 수 없는 곳에서 스멀스멀 새어 나오곤 했다.

나는 은하에 관한 이야기에 대해서는 귀를 닫고 입을 다물었다. 평소에도 남의 뒷말에 끼어드는 것은 내 체질이 아니지만, 은하에 대한 이야기라면 더욱 그랬다. 더구나 은하가 담임에게 붙잡혀 간 상황에서까지 그런 얘기를 함부로 내깔리다니.

게다가 이모의 이야기, 그 이야기를 듣고 있노라면 멀건 설렁탕 국물이 굳은 떡처럼 가슴에 걸리는 것 같았다.

자기가 뭔데 가르치려 드느냐고 분개하는 애들도 있었다. 자기야 한 달 지나면 갈 사람이니 담임에게도 큰소리를 치는 거 아니겠냐고 말하기도 했다. 자기도 우리 입장이면 결코 그러지 못할 거라고 장담하기도 했다. 담임이 그렇게 몰아세우는데 우린들 별수 있냐고 한탄하는 애들도 있었다. 가끔, 이모가 하는 얘기를 들으면서 마음에 찔렸다는 애들도 없지는 않았다.

나는 결국 반 넘게 남은 급식판을 들고 자리를 피했다.

하지만 교실에서도 불편하기는 매한가지였다. 애들도 이모도 서로를 좀 피하려는 듯이 보였다. 담임은 아예 대놓고 이모를 외면했다.

청소를 하면서도 마찬가지였다. 이모랑 애들은 꼭 필요한 말만 주고받았다. 청소가 끝나고 수고했다는 인사를 서로 건네기도 했지만 김빠진 콜라처럼 어딘가 맥이 없었다.

그리고 청소를 마치고 난 후의 말끔한 교실에는, 창은이와 은하의 가방만 나란히 맨 뒷자리를 지키고 있었다.

“예닮이는?”

수진이가 다가와 물었다. 그러고 보니 아까부터 예닮이가 보이지 않았다. 나를 기다리지 않고, 말 한마디 없이 먼저 가버린 모양이다.

“내가 어떻게 알아?”

나도 모르게 퉁명스러운 대답이 나왔다. 하지만 수진이는 내 어깨에 한 팔을 걸치며 말했다.

“야, 기분 진짜 더럽지 않냐? 보라야. 우리 어디 가서 잠깐 바람이라도 쐴까? 뭘 좀 먹으러 가든지……. 저 아래 상가에 가서 옷 구

경을 하든가. 아, 노래방 갈까? 그래, 그게 좋겠다. 노래방. 내가 쏠
게. 가자."

하지만 나는 고개를 저었다.

　교문을 나서자 버스 정류장 쪽으로 떠밀려 가는 회색 물결이 내 앞을 가로막았다. 반대 방향을 돌아보아도 마찬가지였다. 마을버스가 아이들을 가득 태우고 요란하게 부르릉대며 내 앞을 스쳐 달렸다.

　그대로 털썩 주저앉고 싶었다. 그게 아니라면 땅속으로 꺼져 들거나.

　띠링 띠링 띠링.

　건널목 신호음에 나도 모르게 횡단보도에 발을 들였다. 집으로 가는 방향도, 학원 쪽도 아니었지만 무턱대고 걷기 시작했다.

그러다 문득, 승범이가 생각났다.

나도 내가 왜 그랬는지 모르겠다. 그 순간 예닮이도 아니고, 이모도 아니고 승범이 생각이 났다. 여태 한 번도 서로 연락을 한 적이 없고, 둘이 따로 만난 적도 없었다. 그런데도 녀석을 만나고 싶었다. 만나서 뭘 어쩌려는 작정이 있는 것도 아니었다. 그냥, 만나고 싶었다.

나는 걸음을 멈추고 길가 벤치에 앉았다. 핸드폰을 꺼내 들고 녀석의 전화번호를 검색했다. 문자 보내기를 누르고 빈 창을 물끄러미 들여다보았다.

승범이네 엄마가 보통이 넘는다는 이야기를 들은 기억이 났다. 초등학교 때부터 학원에 다니느라 숨도 못 쉬고 지냈다는 이야기도. 중간고사 때 2등을 했다는 이유로 집에서 엄청나게 혼이 났다는 이야기도.

그런 이야기를 내가 어떻게 알고 있는지 신기했다. 언제부터 내 귀가 녀석에 대한 이야기에 활짝 열려 있었는지 모르겠다.

남자애들은 승범이더러 마마보이라고 농담 반 진담 반 놀려대기도 했다. 녀석이 심한 감기에 걸렸을 때, 엄마가 전복죽을 쑤어서 점심시간에 학교까지 들고 오기도 했으니까. 3대 독자라고 했던가, 4대 독자라고 했던가, 아무튼 귀하디귀한 아들을 얻기 위해 승범이 엄마는 마흔에 세 번째 아이를 어렵게 또 낳은 것이라고도 했다. 그런 이야기를 하다 어떤 녀석이 승범이는 자위를 할 때도 엄마 허락

을 맡을 거라며 낄낄거렸다. 그 말을 들었을 때는 내 귀를 씻어내고
싶었다.

과연 녀석이 나와줄지, 갑자기 자신이 없어졌다.

지금 시간 있니?

전송 버튼 위에 엄지를 올려놓고 또 한참 망설였다. 내가 남자애
한테 이런 문자를 보내다니, 나는 여자친구에게도 먼저 연락하는
법이 별로 없는데.

하지만 나는 결국 엄지에 꾹 힘을 주었다.

올까, 안 올까.

답장을 할까, 안 할까.

나는 핸드폰을 만지작거리며 점을 치는 심정으로 수없이 질문
을 던졌다. 어쩐지 올 것만 같았다. 예감이라고 해야 하나, 느낌이
라고 해야 하나.

녀석은 답장을 할 것이고 내 앞에 나타나줄 것이다.

어디야?

잠시 후 답장이 왔다. 나는 잠시 숨을 고른 후 재빨리 문자를 찍
었다.

6단지 뒷길. 너는?

지금 갈게.

승범이는 정말 금방 나타났다. 자전거를 타고, 숨을 몰아쉬면서, 높다란 이마에 땀이 맺힌 채로.

하지만 나는 고작 이렇게 첫마디를 건넸다.

"미안하다. 바쁠 텐데."

"아냐. 바쁜 일 없어."

승범이가 손을 내저었다. 그러자마자 우리는 동시에 핸드폰을 들여다보았다. 학원 시작하는 시간까지 겨우 사십 분이 남아 있었다. 우리는 함께 웃음을 터뜨렸다.

"학원에나 가자."

내가 벤치에서 일어서며 말했다.

우리는 누가 먼저랄 것도 없이 발걸음을 뗐다. 승범이는 자전거를 끌고, 나는 걸었다. 학원을 향해 그렇게 걸으면서 끝없이 이야기를 나눴다.

무슨 이야기를 그렇게 했느냐고 묻는다면 딱히 할 말은 없다. 나는 승범이에게 왜 갑자기 불러내었는지 이유를 얘기해주지 않았다. 승범이도 내게 묻지 않았다. 오늘 우리 주변에서 일어난 그 요란한 사건들에 대해서도 말하지 않았다.

우리는 그냥 사소한 이야기들을 나누었다. 학원 선생을 씹기도 하고 동생 흉을 보기도 했다. 승범이가 게임에 빠져 지낼 때 레벨이 얼마나 높았는지를 자랑하자, 나는 순정만화를 진짜랑 구별이 안 갈 정도로 똑같이 그릴 수 있다고 맞장구를 치듯 자랑했다. 승범이는 뜻밖에 연예인 가십에 대해 아는 게 많았다. 누가 쌍꺼풀을 했느니 안 했느니, 누구랑 누구가 사귀느니 어쩌느니 그런 이야기를 하며 시시덕거리기도 했다. 요즘 개봉한 영화에 대한 정보도 주고받았다. 심지어 우리는 학교 뒤에서 키우는 오리 이야기까지 했다. 하지만 우리 반과 관련된 이야기는 한마디도, 단 한마디도 하지 않았다. 약속이라도 한 것처럼 그것에 대해서는 둘 다 말을 꺼내지 않았다.

그렇게 한 시간을 걸어 학원 앞에 도착했다.

"먼저 들어가."

승범이가 말했다. 그러고는 돌아서서 자전거 보관소를 향해 서둘러 멀어져 갔다. 그런데도 내게는 그 모습이 슬로 모션처럼, 클로즈업이 되는 것처럼 보였다. 녀석의 모습이 나를 그대로 집어삼킬 것만 같았다.

나는 얼른 돌아서 학원 안으로 들어갔다. 허둥거리며 계단을 뛰어 올라가 교실 문을 벌컥 열어버렸다. 이십 분이나 늦었다는 사실마저 까맣게 잊은 채. 강사가 나를 향해 살짝 눈을 흘겼지만 나는 웃음으로 때우며 들어가 맨 뒷자리에 앉았다. 우리 학원에서 가장 인기 있는 강사인 국어는 오늘도 연방 싱거운 농담을 늘어놓았다. 애들은 기다렸다는 듯 웃음을 터뜨렸다. 나도 물결에 휩쓸리듯 함께 웃어댔다.

문득문득 웃고 있는 내 모습이 낯설게 느껴지기도 했다. 하지만 나는 웃었다. 웃어도 된다고, 내 안의 무언가가 등을 두드려주는 것 같았다.

다 잘될 거라고, 모든 것은 며칠이면 지나갈 지독한 황사 같은 것이라고.

나는 결국 창은이 이야기를 적어 내고 말았지만, 창은이에게는 별일이 없을 것이다. 나도 그 일에 대해 잊을 수 있을 것이다. 우리는 스톰의 일도, 이모의 일도, 오늘의 일도 그리 오래 기억하지 않을 것이다.

그렇게 학원 수업이 모두 끝나고 버스에 올랐을 때는 머릿속이 개운했다. 먼지가 찐득하게 눌러앉은 책상 위를 말갛게 닦았을 때처럼, 조금 피곤했지만 마음이 가벼웠다.

나는 예닮이에게 문자를 보냈다.

나, 내일 교생 조카라고 털어놓을 거야. 그러면 애들이 내 앞에서 대놓고 이모를 씹진 않겠지. 그러면 나도 공연히 죄지은 사람처럼 괴롭지 않을 거고.

그런 다음 이모에게도 문자를 보냈다.

기분은 좀 풀렸어?

잠시 후 이모에게 답장이 왔다.

교사 임용고시 본다는 거 취소다. 정나미가 다 떨어졌어. 학교도 한심하고 애들도 짜증 난다. 요즘 애들은 다 그러니?

그런 소리 하지 마. 요즘 애들 노릇하는 거, 힘들어.

나는 핸드폰 폴더를 닫고 창밖을 바라보았다.

밤 10시, 유명한 학원이 한데 모여 있는 거리는 대낮보다 더 밝고 혼잡했다. 차도에는 학원버스며 승용차가 줄을 이어 섰고, 교통 정리하는 경찰관들까지 분주했다. 편의점 앞에서 쭈그리고 앉아 사발면을 먹는 아이들이 보였다. 삼각김밥을 손에 들고 바삐 걷는 아이들도 있었다. 어떤 애들은 커피를 홀짝거리며 차도를 기웃대기도 했다. 날마다 지나치는 거리인데 어쩐지 처음 보는 풍경처럼 새삼스러웠다. 그리고 그 모두가 안쓰럽게 느껴졌다.

미안.

이모가 귀염을 떠는 아이콘과 함께 답장을 보냈다. 불같이 화를 내고 내키는 대로 말해버리지만, 금세 풀어져서 또 자기가 잘못했다고 쩔쩔매며 사과를 하는 게 우리 이모다. 나는 이모에게 괜찮다고 답장을 보냈다.

그리고 버스가 출발하며 자전거 보관소를 스쳐 지나갔다.

희끄무레한 빛 속에 두 명의 남자애들이 자전거 열쇠를 풀고 있었다.

승범이였을까, 아니면 다른 누군가였을까.

알 수는 없었지만 가슴이 알싸했다. 나는 슬며시 눈을 감았다. 알싸한 그 자리에 무언가 따뜻한 기운이 감돌았다. 내게 감도는 그 온기가 소리 없이도 어딘가로 전해지는 것 같았다. 자전거를 타고 밤길을 달리는 승범이의 휘파람 소리가 들리는 듯도 싶었다.

어쩌면 마음이라는 것은 생각보다 깊은 강물인지도 모른다는 생각이 들었다. 내일은 은하에게 괜찮냐고 한마디 건네볼까 하는 생각도 들었다.

그리고 예닮이로부터 문자가 왔다.

카페로 들어와 봐. 올빼미가 L의 글을 다 지웠어.

나는 조금 설레는 마음으로 조회를 기다렸다.

이모가 교실에 나타나면 자연스럽게 다가가서 "이모!" 하고 불러줄 작정이었다. 애들이 깜짝 놀라면 우티 이모라고 자랑스러운 듯 얘기할 작정이었다. 그렇다고 무작정 교탁으로 나가 선언이라도 하듯 이모와의 관계를 밝힐 수도 없는 노릇이니까.

하지만 이모는 조회에 들어오지 않았다.

담임은 평소보다 조회를 짧게 끝냈다. 이모가 오지 않은 이유에 대해서는 설명이 없었다. 나는 조회가 끝나자마자 이모에게 문자를 보냈다.

왜 안 들어와?

심부름 중~

그런데 이모는 1교시 수학시간에도 교실에 들어오지 않았다.

들어오지 않은 것은 이모만이 아니었다. 창은이와 인호는 돌아왔지만 은하는 아침부터 아예 교실에 나타나지도 않았다.

"생각해봐. 두드려 팬 애는 어디론가 사라져버렸지, 얻어맞은 애 부모는 학교를 고발하네, 언론사에 제보를 하네 펄펄 뛰지…… 학교 입장에서는 뭐라도 내놔야 할 거 아냐. 그런데 그 도망친 오빠가 스톰 짱이었다잖아. 얻어맞은 오빠가 스톰들하고 원래 사이가 안 좋았다고 하고. 그러니 스톰을 족치는 거지."

수진이가 책상에 납작하게 엎드린 채 소곤거렸다. 손톱만 한 일이라도 주워들으면 태산만큼 부풀려 떠벌리는 수진이지만, 이번만은 겁이 나는 모양이었다.

"그래서 은하도 상담실에 있다는 거야?"

"당연하지. 개도 스톰이잖아. 그리고…… 은하는 더 당하지 않겠니? 그 도망친 오빠가 은하랑은 연락을 할지도 모르잖아."

수진이가 더욱 목소리를 낮추어 말했다. 나는 그래도 주위의 눈치를 한 번 살피고 나서야 다시 물었다.

"그런 것까지 담임이 알까?"

"어제…… 애들이 무슨 소리를 써냈는지 어떻게 알겠냐? 어쩌면 교생이 안 들어오는 것도 그 일 때문일지 모르겠다."

"그 일이라니?"

나도 모르게 대뜸 목소리가 높아졌다.

"그…… 미혼모니 뭐니……."

"그걸 담임이 알 거라고? 애들이 그런 얘길 써냈을 거란 말이야?"

"야, 뭐든 써내지 않으면 내가 당할 판인데, 무슨 얘기들을 썼는지 알 게 뭐냐."

수진이가 말했다.

담임이 그 사실을 알게 되다니…… 이건 정말 예상치 못한 일이다. 올빼미가 L의 글을 지우고 카페도 잠잠해지기 시작했는데, 난데없이 담임이라니…….

"왜 그래? 정신 나간 애처럼."

수진이가 나를 툭 치며 물었다.

"응? 응…… 아니……."

나는 대충 얼버무리고 부리나케 교실 뒤편으로 향했다.

"예닮아."

예닮이는 멍한 얼굴로 책상에 왼뺨을 붙인 채 엎드려 있었다. 나는 예닮이에게 얼굴을 바싹 들이대그 속삭이듯 물었다.

"혹시…… 학교에서 이모 일을 아는 건 아닐까?"

예닭이가 벌떡 몸을 일으켰다.

"그게 무슨 소리야? 누가 그래?"

예닭이의 호들갑에 앞자리 애들 둘이 우리를 돌아보았다. 나는 예닭이를 맨 뒤 구석으로 데려가 창밖으로 고개를 내밀었다. 그러고도 목소리를 낮추어 말했다.

"확실한 건 아냐. 오늘 이모가 안 들어온 게 혹시나······."

"말도 안 되는 소리 마. 그 카페, 비공개잖아. 주소를 알아서 들어온다고 해도 정회원이 아니면 아예 읽지도 못해. 근데 담임이 그걸 어떻게 아냐?"

"카페 얘기를 하는 게 아니야. 어제······ 애들이 그 얘기를 썼을지도 모르잖아."

"아냐! 그럴 리가 없어!"

예닭이는 펄쩍 뛰었다.

"어제······ 담임한테 좀 개갠 셈이잖아. 그래서 찍혀가지고 오늘 하루 교실에 들어가지 못하게 한 걸 거야. 아냐, 이것도 우리가 괜히 오버하는 거야. 그냥 바쁜 일이 있는지도 모르잖아."

"아무튼 그 카페, 그 생각만 하면 정말······."

나는 교실 안을 돌아보며 분통을 터뜨렸다.

올빼미, L, 누구인지는 모르지만 분명 서른여섯 개의 뒤통수 중 한 사람이다.

"별일 없을 거야. 학교에서 알았다고 해도······ 뭘 어쩌겠어? 그리고 설마 애들이 이모 얘기를 썼겠어? 담임이 원하는 대답도 그런 건 아니잖아. 안 그래?"

예닭이가 말했다.

"그렇겠지?"

"그러엄! 올빼미도 L의 글을 다 지웠잖아. 그 일은 이제 끝이야. 애들도 금세 조용해질 거야. 틀림없어!"

예닭이는 나를 향해 크게 고개를 끄덕여 보였다. 김예닭표 낙관을 믿어보자, 나도 그렇게 마음을 다지며 내 자리로 돌아왔다.

하지만 일은 이미 우리의 바람과는 반대 방향으로 흘러가고 있었다.

"어떻게 된 거야? 어쩌다 소문이 난 거야?"

집에 들어서자마자 엄마가 닦달했다.

"엄마가 그걸 어떻게 알았어?"

"지금 그게 문제니? 주경이 엄마가 전화를 했더라. 벌써 소문이 파다하대."

"그걸 엄마들이 어떻게 알았는데?"

"뭐, 무슨 카페? 그게 무슨 소리니?"

"카페 얘기도 알아? 엄마들이?"

"그래, 다들 난리가 났어. 그 카페에 무슨 사진이 떴다면서!"

"거긴 이제 없어. 벌써 지웠어."

"그럼 블로그는 또 뭐야?"

"뭐라고?"

나는 멍한 얼굴로 엄마를 바라보았다. 블로그, 왜 지금 블로그 얘기가 나오는 걸까. 하지만 퍼뜩 스치는 게 있었다.

"그게 무슨 소리냐고! 좀 차근히 설명을 해봐."

엄마는 포기하지 않고 계속 채근했다. 나는 엄마에게 지금까지의 일에 대해 대충 말해주고는 서둘러 방으로 들어가 카페에 접속했다.

너의 목소리가 들려 너의 목소리가 들려 너의 목소리가 들려 너의 목소리가 들려 아무리 애를 쓰고 막아보려 하는데도 아무리 애를 쓰고 막아보려 하는데도

설마 했던 일이 정말로 일어나 버렸다. 엄마들에게 이모의 일이 알려져버렸다니. 어쩌면 정말 담임까지 벌써 알아버렸는지도 모르겠다.

게다가 블로그.

그 생각을 못 했다. 카페에 올라와 있는 사진을 누군가 퍼 날랐을 수도 있다. 대체 이모의 사진들이 얼마나 많이 복제되어버린 것일까. 일은 어디까지 부풀고 있는 걸까.

나는 카페 회원 목록을 열었다. 그리고 연습장을 펼쳐서 서른여덟 개의 닉네임과 아이디를 하나하나 옮겨 적었다. 블로그를 찾는 일쯤이야 간단했다. 나는 다음 블로그 첫 화면으로 가서 검색창에

닉네임 중 하나를 쳤다.

쿨보이, 엔터.

'쿨보이'라는 닉네임을 쓰는 블로그는 모두 다섯 개, 나는 그곳
에 차례차례 접속했다. 그중 네 번째가 바로 우리 반 쿨보이, 안성
환의 블로그였다. 녀석은 블로그 프로필에 제 사진까지 보란 듯이
올려놓았다.

죽이는 우리 교생

녀석은 이모가 클럽에서 노래하는 사진과 바닷가에서 찍은 사
진을 퍼다 놓았다. 그 아래에는 댓글도 붙어 있었다.

오, 저런 교생이라면 학교 갈 맛 나겠는데.

나는 녀석의 블로그를 닫고 연습장에 적어둔 닉네임들 옆에 몇
개의 이름을 적어 넣었다. 내가 원래 알고 있던 이름과 새로 알게
된 안성환의 이름.

올빼미-정윤선 / ???
루루공주-김예닮
쿨보이-안성환

바이올라-이보라

L-

.

.

.

이런 식이라면…… 카페 닉네임은 더 이상 비밀이 아닐 수도
있다.

엄마들이 이모 때문에 학교에 항의 전화를 걸었다…….

오늘 아침 교실에 들어서자 나를 기다리고 있던 새로운 소식이었다. 그리고 그 소식을 뒷받침하기라도 하려는 듯, 이모는 오늘도 조회에 들어오지 않았다. 수학시간에도, 종례 때도 마찬가지였다. 어제는 담임이 자료 정리인가 뭔가를 하라고 해서 하루 종일 교무실 컴퓨터 앞에 붙잡혀 있었다고 했는데.

그리고 은하도 종일 교실에 나타나지 않았다.

"경찰서보다 더해!"

교무실에서 벌을 섰던 게 무슨 자랑이라고, 인호가 무용담처럼 거들먹거리며 떠들어댔다. 종례가 끝났지만 우리는 엉거주춤 가방을 들고 인호의 얘기를 들었다.

"형사 아버지 덕분에 어려서부터 경찰서를 놀이터로 삼았던 나 아니냐. 그런데도 그저께 교무실에서는 질리더라니까! 강력계보다 더 살벌하더라고!"

"그러니까 몇 명은 정말 징계를 당할 거다, 지금 그런 얘기야?"

지윤이가 불안한 얼굴로 물었다.

"당연하지! 아주 작정을 하고 덤비더라. 그 맞았다는 형 있잖아, 그 엄마가 어제도 교무실에 와서 울고불고…… 들어보니까 갈빗대가 부러진 건 아니고 금이 갔나 봐. 근데 아주 죽을병이라도 걸린 것처럼…… 어휴! 사나이가 살다 보면 다치기도 하고 그러는 거지 말이야."

"사나이 좋아하네, 눈물 콧물 다 흘릴 땐 언제고."

수진이가 슬며시 눈을 흘기며 말했다. 하지만 인호는 못 들은 척 또 떠들었다.

"교무실 안쪽에 그 살벌한 상담실, 아니 고문실 있잖아. 우리 학교 스톰이 전부 일곱 명이라는데, 그 도망간 형 빼고 나머지 여섯이 다 잡혀 들어왔더라고. 다른 반도 우리처럼 백지에 뭘 쓰네 어쩌네 난리를 쳤나 봐. 선생들이 그중 쓸 만한 걸 건져놓으면 교무가 그걸 들여다보더라고. 증거를 잡겠다, 이거지. 증거를! 야, 우리 학교 선생들은 어쩌면 그렇게 무식하냐? 자백, 증언, 이런 거

이제 법정에서 안 통하거든. 과학수사, 너희들도 그런 말 들어봤지? 물증이 없으면 소용없거든. 범인인 줄 뻔히 알면서도 놔준다니까! 그렇게 무식하게 두들겨 패고 애들한테 억지로 증언을 받아서…… 그게 뭐냐?"

"그렇지 않아. 아직도 경찰의 강압수사는 사회문제야."

지나가던 태주가 어물쩍 끼어들었다.

"뭐야? 네가 뭘 안다고 그래?"

인호가 태주에게 버럭 고함을 질렀다. 태주는 그래도 태연한 얼굴로 또 말했다.

"사실이야. 경찰이 피의자를 때리거나 자백을 강요했다는 기사가 얼마나 자……."

"이 자식이!"

인호가 책상에서 풀쩍 뛰어내리며 태주에게 고함쳤다.

"그만 좀 해!"

지윤이가 소리를 빽 질렀다. 인호는 씩씩거리며 태주를 노려보았다. 하지만 태주는 아무 일도 없었다는 듯 다시 의자를 책상에 올리기 시작했다.

볼수록 특이한 녀석이다. 1학년 때도 태주와 나는 같은 반이었다. 하지만 말 한마디 제대로 나눠본 적이 없다. 나만 그런 게 아닐 것이다. 녀석은 외톨이다.

녀석은 5학년 때까지는 한국에서 학교를 다녔지만 6학년 때는 캐나다에 있는 학교를 다녔다고 한다. 그런데 그곳 학교에 적응을 못해서 중학교에 입학하기 직전에 한국으로 돌아왔다고 한다. 사립초등학교를 나온 윤선이처럼 라초등학교를 나온 녀석 역시 별똥별처럼 우리 학교에 뚝 떨어진 것이다.

윤선이는 그래도 금세 친구를 사귀고 유명 인사가 되었지만 녀석은 여태 이 모양이다.

유치하게 구는 인호가 한심하지만 눈치가 없기로는 녀석도 어지간하다. 제 아버지 자랑을 하느라 신이 난 녀석에게 뭐 하러 그런 핀잔을 준단 말인가. 평소에도 우리는 관심도 없는 이상한 이야기를 화제랍시고 꺼내더니, 오늘도 마찬가지다. 경찰의 강압수사가 어떻다고? 그리고 뭐, 사회문제?

"은하는 어떻게 되는 거야? 걔는 별일 없지? 은하가 뭐, 우리한테 나쁘게 한 건 없잖아."

지윤이가 인호에게 다그치듯 물었다.

"그거야 모르지. 스톰 소문이 좀 요란했냐? 더구나 송은하는 그 스톰 짱 이거라고 하니 말이지."

인호가 새끼손가락을 들어 보였다. 지윤이는 인상을 찌푸렸지만 인호는 말을 이었다.

"다른 사람들은 잘 모르겠지만, 3학년 형들은 무사하지 못할걸. 그 얻어맞은 형 엄마 때문에도 그렇고……. 안 그래도 별렀던 모양이더라고. 참, 그나저나 유창은 말이야."

인호가 목소리를 낮추었다.

"걔는 완전 특별 대우더라. 애들이 뭐라고 써서 냈는지 담임은 창은이도 이번 참에 어떻게 하고 싶은 눈치더라고. 근데 학생부장이 딱 막고 나서는 거야. 창은이는 자기가 알아서 타이르겠다고. 학생부장도 이사장이랑 무슨 친척이라고 했지? 그럼 창은이랑 학생부장이랑 친척인 건가? 아무튼 창은이가 쌩쌩하게 교무실을 나가는데, 우리 담임 표정 볼 만하더라. 설사똥 왕창 밟은 표정이었다니까."

우리는 슬며시 창은이를 돌아보았다. 창은이는 엠피쓰리에 연결된 이어폰을 귀에 꽂고 고개를 까딱까딱 흔들며 뒷문을 나서고 있었다.

창은이는 10대 연예인들을 많이 배출한 유명 기획사에서 키우고 있는 아이라는 소문이 있다. 유명 가수들의 백댄서로 이름을 떨친 사람에게 춤 지도를 받는다고도 한다. 집안에서도 팍팍 밀어주고 있으니 언젠가는 정말 가수가 될지도 모르겠다.

그에 비하면 은하는 좀 안됐다. 은하 집에서는 그런 얘기가 통하지 않는다. 초등학교 때 은하가 엄마를 졸라 귀를 뚫었는데, 그 바람에 은하랑 엄마는 집에서 쫓겨날 뻔했다고 한다. 은하 아버지는 그 정도로 꽉 막힌 데다 무서운 사람이다. 댄스 가수라니, 말만으로도 다리몽둥이가 부러질 일이다.

"불쌍하다고 해야 할지, 한심하다고 해야 할지……."

주경이가 뒤를 돌아보며 중얼거리듯 말했다. 그 시선은 아무래도 인호의 뒷모습을 향하고 있는 것 같았다.

"왜?"

수진이가 물었다.

"조인호 말이야, 쟤네 아버지 4학년 때 돌아가셨거든."

"정말?"

"그래. 그때 내가 반장이어서 담임이랑 같이 장례식장에도 갔는걸. 근데 지 아버지가 살아 계신 것처럼 떠벌리고 다니다니…… 무슨 초딩도 아니고……."

주경이가 고개를 절레절레 흔들었다.

"너 문자 왔나 보다."

수진이가 나를 툭 치고는 가방을 메고 교실을 나섰다. 나는 교복 치마 주머니에서 핸드폰을 꺼냈다.

배고파서 쓰러지겠다. 우리 피자나 먹으러 갈까?

이모의 문자였다.

이모 퇴근할 때까지 못 기다려. 학원 시간 때문에.

지금 만나. 저기 큰 사거리에 미스 피자.

무슨 소리야? 아직 퇴근 시간 남았잖아.

알 게 뭐람.

나는 핸드폰을 주머니에 넣고 얼른 예닮이 자리를 돌아보았다.
그런데 예닮이가 보이지 않았다. 목을 빼서 바라보았지만 가방도
없었다. 나는 예닮이 자리로 다가갔다.
"예닮이는?"
"갔어."
인호가 제 핸드폰의 사진 폴더를 뒤지며 말했다.
"언제?"
"방금."
나는 서둘러 교실 밖으로 나갔다.
예닮이가 내게 말 한마디 없이 먼저 가 버리다니, 여태 한 번도
없었던 일이다. 그런데 이번 주에만 벌써 두 번째다. 그럴 만한 사
정이 있을 거라고 생각해보려 했지만 잘 되지 않았다. 현관을 향해
걸으면서 점점 화가 치밀었다. 주경이가 뭐라고 말을 걸어왔지만
나는 대꾸도 하는 둥 마는 둥 현관 밖으로 나섰다.
저만치 혼자 고개를 늘어뜨리고 걷는 예닮이의 뒷모습이 보였
다. 똑같은 교복에 판에 박은 듯한 헤어스타일이지만 내 눈에는 예

닭이 모습이 도드라져 보였다.

"김예닭!"

예닭이가 흠칫 멈춰 섰다. 그러고는 천천히 나를 돌아보았다.

"야, 너 왜 배신 때리고 먼저 가냐?"

속은 부글부글 끓었지만 나는 짐짓 장난이라도 치듯 물었다.

"어? 어…… 오늘 할머니 올라오신다고 엄마가 일찍 오래서."

"할머니?"

내 말투에는 의심이 역력했다. 예닭이가 할머니와 각별하다는 것은 알지만, 그렇다고 오늘 같은 날 내게 말 한마디 없이 먼저 가다니. 하지만 예닭이는 여전히 딴생각에 빠진 얼굴이었다. 나는 자꾸 뒤틀리는 감정을 달래며 예닭이에게 다시 물었다.

"이모랑 미스 피자에서 만나기로 했어. 같이 안 갈래?"

예닭이는 말이 떨어지기가 무섭게 고개를 저었다.

예닭이가 어쩌면 내게 이럴 수가 있을까. 제자리에 콕 처박혀 내 근처에는 오지도 않고, 이모가 이틀째 보이지 않는데도 별로 궁금해하지도 않는다. 누구한테 얘기도 못 하고 속을 앓는 내 심정은 안중에도 없다.

"너, 너무하는 거 아니니?"

나는 결국 따지듯 묻고 말았다. 하지만 예닭이는 시선을 외면한 채 말했다.

"뭐가?"

예닮이가 어디에 정신을 파느라 내게 무신경한 것인지, 알 만했다. 스톰 일이 터진 이후 예닮이는 온통 그 생각에만 빠져 있는 것이다.

"왜 그래?"

예닮이가 나를 슬쩍 쳐다보고는 좀 미안한 듯 다시 말했다.

"은하 때문에 그래? 그래서 이렇게 정신이 나간 거니?"

"보라야."

예닮이가 기가 막힌다는 듯 나를 바라보았다.

"왜, 내 말이 틀려?"

"너도 지금 걔가 어떤 처지인지 알잖아. 하지만 은하는 은하고 너는 너야. 네 걱정 안 하는 거 아니야."

예닮이가 내 걱정을 하지 않을 리가 없다. 이모 일에 신경 쓰지 않을 리가 없다. 그건 나도 안다. 하지만 한번 치밀어 오른 감정은 도무지 통제를 할 수가 없었다.

"말이야 좋지. 말로야 무슨 소리를 못 해?"

"이보라."

예닮이가 원망스러운 얼굴로 나를 바라보았다.

"넌 만날 그러지. 은하, 은하, 은하! 걱정이 되시겠지. 그래서 나야 어떻게 지내든 말든 관심도 없는 거겠지."

"보라야. 은하 지금 힘들어. 그리고 나도 ……."

예닮이가 격하게 목소리를 높였다. 그러다 부들거리는 입술을 깨물며 나를 노려보았다. 그리고 잠시 후 달을 이었다.

"공부도 잘하고, 행동거지도 반듯하고…… 너야 꿀릴 게 없잖아. 넌 다 잘하잖아. 쉽잖아. 하지만 그렇지 않은 사람도 있어. 너한테는 쉬운 일이 다른 사람에게는 어려울 수도 있다고. 우린 너랑 달라. 넌 어쩌면……."

"그래, 우리?"

나는 예닮이의 말을 자르고 들어섰다.

우리, 그 말에 온몸의 피가 거꾸로 치솟았다. 다른 말은 하나도 들어오지 않았다.

"넌 늘 그런 식이었어. 나도 알아. 너랑 은하는 우리고…… 난 아니지. 학교생활이 쉽다고? 나라고 쉽기만 한 줄 알아? 나도 똑같아. 공부하기도 싫고, 성적표 나올 때마다 숨이 막혀! 이모가 지금 어떤 처지인지 알기나 해? 그런데도 나는 다른 애들 눈치가 보여서 나서지도 못해. 애들이 이모를 씹어대도 한마디 쏘아붙이지도 못한다고. 쉽긴 대체 뭐가 쉽다는 거야!"

무섭게 나를 노려보던 예닮이의 표정이 허물어졌다.

"이모…… 심각한 일이라도 있는 거야?"

"몰라서 묻니? 카페에 뜬 사진, 미혼모에 클럽 가수에 술에 담배에, 이모가 무사하겠니? 이제 엄마들까지 카페에 뜬 사진에 대해 다 알아. 그런데 학교에서는 모르겠니? 이미 다 알고 있을 거라고!"

나도 확실히는 몰랐다. 하지만 나도 모르게 그렇게 쏟아내고 말았다. 무언가가 나를 벼랑 끝으로 모는 것 같았다.

"그게 무슨 소리야? 설마 정말로……."

예닭이가 질린 얼굴로 물었다.

"거봐. 넌 관심도 없잖아. 이모가 이틀이나 교실에 안 들어오는데 신경도 안 쓰잖아!"

"미안해."

예닭이가 힘없이 말했다.

나는 한 손으로 이마를 짚으며 먼 데를 향해 한숨을 내뱉었다. 예닭이 잘못도 아닌데 엉뚱한 화풀이라니, 그제야 정신이 들었다. 부끄럽고 미안해졌다. 나는 다시 예닭이를 바라보았다. 내가 심했다고, 그렇게 말할 작정이었다.

그런데 예닭이가 나보다 먼저 다시 입을 열었다.

"만날 웃고 다니니까…… 난 속도 없는 앤 거 같지?"

"뭐라고?"

"나도 똑같아. 사람 마음은 다 같다고. 바보 취급 당하는 거, 나사 하나 빠진 애 취급 당하는 거, 나도 싫어. 똑똑하고 주목받고…… 누구도 나를 무시 못 하고…… 나도 그렇게 되고 싶어."

"대체 무슨 소리를 하는 거야?"

예닭이의 커다란 눈 가득, 눈물이 차올랐다. 투둑, 눈물이 통통한 뺨 위로 떨어졌다.

"뜬금없이 그건 무슨 소리야?"

"난…… 은하 이해해."

예닮이가 말했다. 그리고 돌아서 걷기 시작했다.

은하, 또 은하다.

머릿속엔 온통 은하 생각뿐이다. 서운한 마음을 숨기지도 못하고 이모 이야기를 닥치는 대로 해대었지만 예닮이에게는 오직 그 생각뿐이다.

나는 예닮이의 뒷모습을 노려보았다. 예닮이는 단 한 번 돌아보는 법도 없이 교문을 빠져나갔다. 예닮이의 뒷모습이 시야에서 완전히 사라졌다. 한 대 세게 얻어맞은 것처럼 가슴팍 한가운데가 먹먹했다.

야, 왜 안 와? 너 어디야?

이모에게 문자가 왔다.

마음 같아서는 답장도 하기 싫고, 피자 가게로 가고 싶지도 않았다. 아무도 만나고 싶지 않았다. 어딘가로 사라져버리고만 싶었다.

하지만 그럴 수는 없었다. 나는 답장을 보냈다.

지금 출발.

식은 피자 위에 기름이 고여 있었다. 이모는 포크로 샐러드를 휘적거리며 생각에 잠겨 있었다.

“뭐 해? 시켜놓고 왜 안 먹어?”

“어, 왔어? 너 오면 같이 먹으려고.”

이모는 피자를 내 앞접시에 덜었다. 그리고 종업원에게 콜라 한 잔을 더 주문한 다음 자기 접시에도 피자를 덜었다. 하지만 이모는 빵칼로 피자에 흠집만 낼 뿐 먹을 생각은 없어 보였다.

나는 짐짓 배가 고팠던 양 피자를 먹기 시작했다. 고기 냄새가 유난히 역하고, 얇은 피자 빵이 입속을 할쿠는 것 같았지만 꾸역꾸역 먹었다. 콜라가 톡 쏘아 목구멍이 아렸지만 벌컥벌컥 마셨다.

이렇게 간단했으면. 피자를 먹고 콜라를 마시는 것처럼 모든 일이 이렇게 간단했으면.

“나더러 교실에 들어가지 말래.”

이모가 불쑥 말했다.

“……무슨 소리야?”

“엄마들이 학교에 항의를 했대. 몰랐으면 모를까, 애들에다 학부모들까지 알게 되었으니 어쩔 수가 없다. 교육적으로 나쁘대나 어쨌대나……. 참, 학교 체면이 말이 아니라는 소리도 하더라.”

“누가? 담임이?”

“아니, 교무부장이.”

가슴이 꽉 막히는 것 같았다. 억지로 먹어치운 피자가 가슴 한가운데에서 단단한 돌덩이처럼 뭉쳐버린 것 같았다.

“여기, 콜라 좀 더 주세요.”

내가 말했다. 종업원이 다가와 다정한 얼굴로 콜라 잔을 가져갔다. 이모와 나는 침묵을 지켰다. 그리고 콜라 잔이 거품을 터뜨리며 내 앞에 다시 놓였다.

"교실에 안 들어오면 교생 실습 마친 걸로 해주겠대. 그냥 교무실에서 있으래."

이모가 기다렸다는 듯 말했다. 나는 마시려던 콜라 잔을 다시 내려놓았다.

정말이지 너무한다. 이럴 수는 없다. 이모 일이 거슬릴 수는 있겠지만, 그렇다고 교실에 들어오지도 말라니.

"그래서?"

나도 모르게 목청을 높였다. 하지만 이모는 조용히, 그러나 분명한 목소리로 말했다.

"그럴 수야 없지."

나는 테이블로 바싹 다가앉으며 다급히 말했다.

"그럼 어쩌려고? 이모 이번에는 꼭 졸업할 거라며. 교생 실습 못 마치면 올해도 졸업 못 하잖아. 외할아버지가 인제 학비도 안 대주실 거라며!"

이모는 포크로 피자 조각을 콕 찍어 입에 넣고 우물거렸다. 종잇장이라도 씹는 것 같은 표정이었다. 그러다 허공을 노려보며 혼잣말처럼 말했다.

"아무튼 그럴 수는 없어. 내가 뭘 잘못했다고 교실에 못 들어가니? 뭐가 부끄러워서?"

"제발, 좀. 부끄러워서 못 들어오는 게 아니잖아. 어쩔 수 없으니까, 응? 이제 겨우 이 주밖에 안 남았잖아. 반이 지나갔어. 잠깐만 참으면 되잖아."

"싫어. 그렇게는 못 해. 두고 봐. 내가 가만있나. 뒤에서 애들 패고, 애들 협박해서 고자질이나 시키고…… 그래놓고 내가 교육적으로 문제가 있다고?"

"임용고시 본다며? 그럼 졸업을 하야 할 거 아냐."

"됐어. 이따위 학교, 오래도 안 와. 이게 학교냐? 이게 교육이야?"

"그럼 대체 어쩌겠다는 건데?"

이모는 빨대를 잘근잘근 씹으며 말이 없었다. 경쾌한 음악이 어색하게 끼어들었다. 음식점에서 빠른 음악을 트는 것은 빨리 먹고 나가라고 등을 떠미는 거라고 했던가? 하지만 아무리 음악이 우리를 재촉해도 이모와 나는 꿈쩍도 하지 않았다. 그저 입을 다물고 묵묵히, 식어가는 피자를 바라보기만 했다.

한참 만에 이모가 다시 조용히 입을 열었다.

"내가 알아서 할게. 넌 걱정 마. 응?"

하지만 알았다고, 도저히 그런 말이 나오지 않았다. 이모는 또 말했다.

"너한테도 죽어도 할 수 없는 일이 있잖아. 나한테는 이게 그런 일이야. 이런 상황에서 알았다고 무릎 꿇는 일, 그냥 도망치는 일……. 그럴 순 없어. 그러니까 이해해줘.”

내가 죽어도 할 수 없는 일, 그런 일은 대체 뭘까. 내가 만약 이모라면, 이런 상황에서 어떻게 했을까. 나 역시 이대로 물러서지 않을지도 모른다. 이따위로 쫓겨나다니, 자존심이 허락지 않을 일이다.

하지만 이모 형편은 내가 잘 안다. 이렇게 고집을 부릴 처지가 아니다.

“초록이 생각은 안 해? 이모 고집만 그렇게 중요해? 이모 형편을 좀 생각해봐!”

이모가 나를 말끄러미 바라보았다. 사정이라도 하듯 나도 이모를 마주 보았다. 하지만 이모의 눈빛은 흔들리지 않았다.

“내가 초록이 낳고 나서 한참 후회한 거 알아?”

나는 대답을 하지 않고 시선을 창밖으로 멀리 던졌다. 이모도 대답을 들으려고 던진 질문은 아니었는지 이내 말을 이었다.

“생명의 소중함? 죄책감? 그런 게 어딨어. 그땐 그런 생각이 조금도 들지 않았어. 그냥…… 무서웠어. 내가 늦둥이 막내로 태어나서…… 귀여움만 받고 자랐잖니. 약해빠진 데다 겁은 많고…… 그래서 덜덜 떨기만 하다가 배가 불러왔고…… 그러다 애를 낳았지. 하지만 말이야, 애를 낳고 나서 보니까…… 그때부터가 진짜더라고……. 초록이를 바라보면서 후회하고, 후회하고, 또 후회하고……. 내가 왜 그때 독하게 마음먹고 애를 지우지 않았는지 피눈

물을 흘리면서 후회했어.”

처음 듣는 얘기였다.

이모는 늘 아무렇지 않은 듯 씩씩하기만 했는데.

이모는 빨대로 콜라를 마셨다. 그리고 테이블에 고인 물을 손가락으로 쓱쓱 문지르며 말을 이었다.

“그러다 입양을 보내야겠다고 마음먹었지. 초록이를 쉼터 수녀님들한테 맡겨놓고 입양기관에 가서 상담을 하고 돌아오는데 발걸음이 다 가벼운 거야. 이제 해방이다, 딱 그 생각만 들더라고. 그러다 쉼터에 돌아왔는데…… 초록이가 날 보고 벙긋 웃는 거야. 그 얼굴 보는 순간, 보내지 않기로 결심했어. 그리고 초록이를 지우지 않은 걸 후회했을 때보다 더 많이 울면서…… 초록이한테 약속했어.”

온 얼굴을 허물어뜨리면서 웃는 초록이의 미소, 그 얼굴이 눈앞에 떠올랐다. 엄마가 선생님이 되었다며 좋아라 하던 그 얼굴도 함께.

“내가 비혼모가 된 거, 초록이를 낳고 또 내 손으로 직접 기르기로 한 거, 다시는 후회하지 않겠다고. 두 번 다시 초록이를 부끄럽게 여기지 않겠다고.”

이모는 어깨를 크게 들어 올리며 한숨을 쉬었다. 그러더니 피자를 집어 들고 우적 베어 물었다. 얼음도 녹고 김도 다 빠져버린 콜라를 벌컥벌컥 들이켰다.

“여기요. 리필 좀 부탁해요.”

이모는 잔을 번쩍 들어 올리며 말했다. 그리고 종업원이 잔을 가져가고 나서 내게 말했다.

"아무튼 나랑 네 사이, 아무도 모르게 조심해. 너한테 피해 주고 싶지는 않으니까. 아무렴. 그럴 순 없지. 그러니까 그것만 조심해. 응? 그리고 이모가 알아서 잘할 테니까, 넌 걱정 마."

이모는 콜라를 가져온 종업원에게 고맙다고 상냥한 인사를 건넸다. 그리고 앞접시를 내 쪽으로 조금 밀며 얼른 먹으라고 말했다. 이모의 가늘고 긴 손가락이 고개 숙인 내 시선 안으로 불쑥 들어왔다 사라졌다. 코끝이 징 하고 울렸다. 목구멍에서 뜨거운 게 치밀어 숨이 막혔다.

나는 일어섰다.

"왜?"

"나 먼저 갈게."

나는 통로로 한 발을 내디디며 황급히 테이블을 밀었다. 그러려고 한 것은 아닌데 내 손길이 좀 거칠었나 보다. 빈 콜라 잔이 맥없이 쓰러지며 얼음이 쏟아졌다.

그래도 모르는 척, 피자 가게에서 나와버렸다.

그리고 피자 가게 앞 인도에 우두커니 서서 먼지 부연 거리를 향해 한숨을 쏟아내고 있을 때, 문자가 왔다.

보라야. 왜 안 와? 버스 금방 올 텐데.

승범이였다.

어디 아프냐? 오늘 학교에서도 종일 얼굴이 어둡던데. 왜 그래? 내 문자는 받았어?

이어지는 녀석의 문자. 답장도 없이 나는 녀석이 보낸 문자를 되풀이 들여다보며 버스 정류장을 향해 발걸음을 옮겼다. 녀석은 다시 문자를 보내왔다.

와, 연보라가 내 문자를 계속 씹네. 설마…… 일부러 씹는 건 아니겠지? 핸폰 집에다 놓고 벌써 나온 건가?

어, 버스다. 나 먼저 학원 간다.

그리고 녀석의 마지막 문자가 왔다.

연보라, 우리 친구 된 거 맞지?

나는 버스 정류장 뒷담에 기대어 선 채 울기 시작했다.

피자가 체했던 모양이었다.

학원에서 결국 되게 토하는 바람에 조퇴를 했다. 엄마가 약을 주었지만 됐다고 밀어내고 방으로 들어와 침대에 누웠다. 다 잊고 잠들어버리고 싶었다.

하지만 한참을 뒤척이기만 하다가 결국 다시 일어나 컴퓨터 앞으로 다가앉았다. L의 글은 지워졌지만, 그래도 여전히 카페가 마음에 걸렸다.

너의 목소리가 들려 너의 목소리가 들려 너의 목소리가 들려 너의 목소

리가 들려 아무리 애를 쓰고 막아보려 하는데도 아무리 애를 쓰고 막아보려 하는데도

어느새 귀에 익어버린 리듬이 불길한 징조처럼 음산하게 느껴졌다. 첫 화면 윗부분에 새 글 하나가 떴다는 표시는 더욱 그랬다.

L.

이번에도 L이었다.

올빼미. 운영자라고 이렇게 멋대로 글을 지워도 돼? 이 카페에는 뭐든 자유롭게 올릴 수 있는 거 아니야? 지우고 싶으면 최소한 글을 올린 사람과 의논은 해야 하는 거 아니야? 네가 먼데 내가 올린 글을 함부로 지우는 거야?

어쩌면 사람이 이렇게까지 뻔뻔할 수 있을까.

치가 떨린다는 말이 무슨 뜻인지 난생처음 실감이 났다. 누군지도 모르는 어떤 인간이 나의 감정을 이렇게 뒤흔들 수 있다는 사실이 놀라웠다.

L.

나는 다이어리 사이에 끼워놓았던 종이를 꺼냈다.

서른여덟 개의 닉네임과 아이디. 그리고 다섯 개의 이름.

나는 마우스를 다부지게 움켜쥐고 다음 블로그 첫 화면으로 들

어갔다. 그리고 연습장의 목록 중 첫 번째로 눈에 띈 닉네임 '몽구스'를 검색창에 입력하고 엔터키를 쳤다. 그런 닉네임을 쓰는 블로거는 없었다.

그렇다면 네이버.

역시 마찬가지였다.

이번에는 rrangs2045, 몽구스의 아이디로 다음과 네이버를 뒤졌다.

빙고. 네이버에 녀석의 블로그가 떴다.

소심한 사수자리 A형, 1월 1일에 태어난 특별한 아이.

녀석의 블로그 프로필이었다. 1월 1일에 태어난 아이라면……

신여랑.

나는 몽구스라는 닉네임 옆에 이름을 적어 넣었다. 그리고 그다음 닉네임을 다음 블로그 검색창에 입력했다. 그렇게 다음과 네이버와 싸이를 돌아다녔다. 집요한 추격꾼에게 내몰린 사냥개처럼 사이트를 넘나들며 닉네임의 흔적을 미친 듯이 더듬었다. 잠이 오지도 않았다. 시간이 흐른 줄도 몰랐다.

그러다 핸드폰이 새벽 3시를 알리는 신호음을 울렸을 때는, 서른여덟 개의 닉네임 중 스물여덟 개가 주인을 찾은 후였다.

올빼미-정윤선 / ???

루루공주-김예닮

쿨보이-안성환

바이올라-이보라

L-

프로도-

몽구스-신여랑

삐삐-

마녀꼬붕-정수진

삐따기-이보람

꼬꼬-최진영

섹시짱-

케로로-김재현

모피어스-김안우

라면땅-김언태

소주원샷-박현철

블루-전윤빈

최씨장남-최동호

바람의 시-박미라

꿈꾸는자-정경화

세븐살앙-김꽃별

걱정쟁이-최나미

제우스-

철가방-김용태

감자돌이-

관악산-김주경

그때 그놈-

쪽제비-권제영

HIBEAR15-김연희

꽃그늘아래-문희정

희망 1980-홍은미

로시난테-

한심한 나라의 앨리스-강효정

레인보우-송은하

찐찐군-김양미

키키-

느티-이용포

검은여우-

더 이상은 알아낼 수 없었다.

닉네임의 주인으로 등장하지 않은 열 명, L은 그중 하나였다. 나는 연습장 아래에 그 열 개의 이름을 죽 썼다.

이제 어떻게 할까.

블로그와 싸이를 뒤지기 시작할 때는 L을 찾는 일쯤 간단할 줄 알았다. 하지만 생각보다 많은 닉네임을 찾아냈음에도 불구하고 L은 찾아내지 못했다.

녀석이 태연한 얼굴로 시치미를 떼고 있다는 걸 생각하면 참을 수 없는 기분이 들었다. 녀석을 찾아서 뭘 어떻게 할지는 모르지만, 일단 묻고 싶었다. 왜 그런 짓을 했는지. 이모가 쫓겨나게 생긴 지금, 녀석의 기분은 어떤지.

나는 카페로 들어갔다. 올빼미에게 쪽지를 보낼 생각이었다. 올빼미가 대답을 하건 말건, L이 누구냐고 물어볼 셈이었다.

그런데 '수다있수다'에 또 새 글이 올라와 있었다.

이게 학교야? 이게 선생이야?

담임이 뭐야? 담임이면 뭐든 멋대로 해도 되는 거야? 내가 뭘 잘못했다고 무조건 끌고 가서 두들겨 패는 거야? 하지도 않은 일을 왜 했다고 하라고 강요하는 거야? 알지도 못하는 걸 어떻게 말하라는 거야?

학생부장은 또라이 변태 싸이코 쓰레기야!

치마 입은 애들한테 엎드려 뻗쳐를 시키고…… 그래놓고 왜 뒤에서 왔다 갔다 하는 거야? 허벅지를 때린다고 치마를 걷으라고? 그건 또 뭐야? 우리를 뭘로 보는 거야?

그래놓고 우리더러 걸레라고? 술집 여자라고?

빽 있는 애한테는 설설 기면서 나 같은 애한테는 함부로 하지.

이게 학교야? 선생이야?

너희들도 모두 똑같아. 선생들하고 똑같아.

왜 날 손가락질하는 거야? 뒤에서 나더러 뭐라고 하는지 내가 모르는 것 같아? 왜 나에 대해 멋대로 말하는 거야? 내가 너희들한테 뭘 잘못했어? 너희들이 나에 대해 뭘 알아?

다 똑같아!

모두 죽여버리고 싶어! 학교 따위 불을 질러버리고 싶어! 나한테 한 대로 고대로 돌려주고 싶어!

'레인보우'가 쓴 글이었다. 나는 닉네임을 적어놓은 종이를 다시 들여다보았다.

레인보우-송은하.

―나야.

예닭이의 목소리를 듣자 단숨에 잠이 다 달아나 버렸다. 나는 깨질 듯 아픈 머리를 한 손으로 짚으며 침대에서 일어나 앉았다. 그래도 입은 떨어지지 않았다. 그렇게 대판 싸우고 나서 서로 문자 한 통 없었는데, 무슨 말부터 꺼내야 하는 건지.

―보라야.

예닭이가 다시 말했다. 그래놓고도 말은 없이 쌕쌕 하고 숨만 몰아쉬었다. 나는 핸드폰을 귀에 바싹 대었다. 어쩐지 긴장이 되었다. 매 맞을 순서를 기다리는 순간처럼.

　—은하가 가출했대.

　올 것이 왔다는 기분이 들었다. 은하가 미치지 않고서야 그런 글을 썼을 리가 없었다. 만약 은하가 미친 거라면…… 가출은 그나마 다행인지도 모르겠다.

　—언제?

　나는 담담하게 물었다.

　—어제…… 은하 엄마 아빠가 학교로 불려 갔는데…… 같이 집으로 돌아오다 신호 대기에 걸려 있을 때…… 차에서 뛰어내려서 그대로 도망쳤대.

　—카페에 뜬 글 봤니?

　예닮이는 대답이 없었다.

　—그거 은하가 쓴 거야.

　—알아.

　사실 레인보우가 누구인지는 추적할 것도 없었다. 그런 글을 쓸 만한 사람은 은하, 단 한 사람이니까.

　—그럼 그건…… 가출한 다음에 쓴 거겠구나……. 넌 은하 가출한 거 어떻게 알았어?

　—은하 엄마가…… 아침에 우리 집으로 찾아오셨어.

　—은하한테 전화해봤어?

　대답은 뻔했지만 그래도 물었다.

　—전화 안 받아. 꺼져 있나 봐……. 보라야…… 은하 어떡하

니……. 오늘 오전에 징계위원회 열린대. 은하는…….

예닮이의 목소리가 드문드문 끊겼다.

—오늘 놀토잖아. 어쩌면 내일 밤에 돌아올지도 몰라. 걔네 아빠, 되게 무섭잖아. 그래서 무작정 뛰어내린 걸 거야.

나는 마음에도 없는 거짓말을 했다. 거짓말이란 때로 간절함의 다른 이름일 수 있다고, 그렇게 속엣말을 하면서.

전화를 끊고 나는 카페로 들어갔다.

너의 목소리가 들려 너의 목소리가 들려 너의 목소리가 들려 너의 목소리가 들려 아무리 애를 쓰고 막아보려 하는데도 아무리 애를 쓰고 막아보려 하는데도

이모의 사진이 사라진 후 잠시 한산했던 카페는 또 분주해졌다. 은하가 올린 글의 조회수는 벌써 30을 넘겼다. 그리고 프로도의 댓글이 달려 있었다.

미안해.

나는 댓글 쓰기에 커서를 갖다 놓고 양손을 키보드에 올렸다. 뭔가, 말하고 싶었다. 하지만 가슴이 울렁대기만 할 뿐 말이 되어 나오지는 않았다.

“언니.”

초록이가 내 방문을 열고 들어섰다. 다음 주 수요일의 아빠 생일 상을 오늘 저녁 때 미리 차린다던 엄마의 말이 떠올랐다.

“들어와.”

초록이가 방문을 탁 닫고 내게 다가와 안겼다.

“엄마는?”

“엄마는 나 데려다 주고 그냥 갔어.”

“어디로?”

“몰라.”

학교에 소문이 났다는 걸 안 다음, 엄마는 그야말로 이모를 들볶고 있었다. 그럴 때는 참고 엄마가 시키는 대로 하든지 도망을 치든지, 둘 중 하나 외에는 방법이 없다.

“언니, 왜 이렇게 늦잠 자?”

“언니 피곤해.”

“중학교 가면 그렇게 피곤해? 엄마도 만날 피곤하대. 나도 중학교 가면 피곤하겠지? 휴우 —.”

나는 피식 맥 빠진 웃음을 지어 보였다. 다른 때라면 초록이의 앙증맞은 말솜씨에 깔깔거렸겠지만 그럴 수가 없었다.

“언니.”

초록이가 내 품속으로 파고들며 말했다.

“왜?”

“우리 엄마 중학교에서 잘려?”

“뭐?”

“우리 엄마 중학교에서 잘리냐고.”

“너…… 잘리는 게 뭔지 알아?”

초록이가 고개를 주억거렸다. 그럴 때마다 초록이의 작은 턱이 내 팔뚝을 간질였다.

“그런 건 왜 물어봐?”

“어제, 외할머니랑 이모랑 그렇게 말하는 거 들었어.”

“엄마가 잘릴 거라고? 그런 말을 했어?”

부아가 치밀었지만 애써 아무렇지 않게 물었다. 초록이는 고개를 끄덕였다.

“우리 엄마 진짜 잘려? 인제 선생님 못 해?”

“그런 거 아니야.”

“정말이지?”

“그래.”

“엄마 말이 맞구나. 엄마한테 물어보니까 안 잘릴 거라고 막 화 냈는데.”

초록이는 그래놓고 키득거리고 웃었다. 나는 초록이를 폭 끌어 안았다.

“엄마가 잘리면 싫어?”

“그러엄! 우리 엄마 선생님 됐잖아. 나, 우리 엄마 선생님 됐다고 친구들한테 자랑했단 말이야."

오늘 같은 날은 정말이지 학원에 갈 기분이 아니었다.

하지만 우리 학원은 이유 없는 결석 세 번이면 학원생을 자르기도 한다. 이 학원에 들어오기 위해 무려 육 개월을 대기했는데, 그럴 수는 없었다. 그리고 혼자 방에 틀어박혀 있어봤자 기분은 점점 더 나빠지기만 했다. 레인보우가 카페에 쓴 글, 그 비명 같은 글이 자꾸만 떠올랐다. 초록이를 보는 것도 편치 않았다. 게다가 학원에 가지 않는다고 해도 달리 할 일도 없었다. 승범이에게 문자를 보내 볼까 했지만, 어쩐지 그것도 내키지 않았다.

나는 학원 시간에 맞추어 정류장으로 나갔다.

"연보라!"

녀석은 오늘도 천진한 얼굴로 나타났다. 그러고는 불쑥 이렇게 물었다.

"우리, 내일 영화 보러 갈래?"

녀석의 등 뒤로 꽃이 진 목련의 푸른 잎이 흐드러졌다. 바람이 불 때마다 푸른 잎이 작은 날개처럼 퍼덕거렸다. 녀석의 해맑은 미소는 잎새 사이로 부서지는 햇살만큼이나 눈부셨다.

그래서였을까, 나는 눈물이 핑 돌았다.

"왜 그래?"

녀석이 내게 쓰윽 고개를 들이밀며 물었다.

"아무것도 아니야."

나는 머리칼을 쓸어 넘기며 딴청을 피웠다. 녀석이 연방 웃음을 흘리며 말했다.

"우리 내일 영화 보러 가자. 응? 학원 레벨 테스트도 끝났잖아. 좀 있으면 기말고사라서 정신없을 테니까, 이번 주가 딱이야. 우리 엄마한테 물어봤는데, 너랑 간다고 하니까…… 허락해주시더라. 용돈도 듬뿍 주신대."

엄마 이야기를 하면서 녀석은 머쓱한 얼굴로 뒷머리를 긁적였다. 나는 인도를 발로 툭툭 차기만 했다.

얼마나 평화로운 광경인지.

봄꽃이 진 자리에 녹음이 가득하다. 여름은 곧 다가와 세상을 달굴 테지만 바람은 아직 다사롭다. 멀대같이 키가 큰 녀석이 새침해 보이는 여학생에게 데이트 신청을 한다. 녀석은 쑥스러움을 달래느라 짐짓 쾌활한 척 목청을 높인다. 여학생은 대답 대신 고개만 수그린다.

어쩐지 그 모든 일이 남의 일처럼 여겨졌다. 어울리지 않는 장소에 와버린 것처럼, 초대받지 않은 손님이 된 것처럼, 거북스러웠다.

"다음에."

내가 말했다.

"왜, 이번 주에 바빠?"

시무룩해진 녀석의 얼굴마저도 여전히 평화로웠다.

"그러지 말고 영화 보러 가자, 응? 가만, 그게 내일 몇 시더라? 내가 인터넷에서 다 찾아놨는데…….”

승범이는 제 핸드폰을 꺼내 열더니 빠르게 키를 눌러 메모 화면을 찾는 듯했다.

“아, 여 다. 조조는 10시 10분이고, 그다음 프로는 1시야. 조조는 좀 그렇지? 일요일인데. 그럼 우리 1시 거 볼까? 그럼 영화 보기 전에 점심부터 먹어야겠다. 너, 뭐 좋아해?”

녀석이 내게 다가서며 신바람을 냈다. 왜 그럴까. 녀석의 익숙한 얼굴이 처음 보는 것처럼 낯설게 느껴졌다.

“너, 카페에 들어가 봤니?”

나도 모르게 툭 튀어나온 질문.

“카페? 응.”

“언제?”

“오늘 아침에. 근데 왜?”

“은하가…… 아니, 레인보우가 쓴 글 봤어?”

“아, 그거? 송은하가 레인보우였어? 와, 걔 보기보다 세다. 좀 맹한 앤 줄 알았는데.”

승범이는 수수께끼를 푸는 어린아이처럼 순진한 얼굴로 말했다. 내 말투에 배어 있는 뾰족한 감정은 전혀 눈치 채지 못했다.

“카페에…… 교생 사진 올라온 것도 봤어?”

“응? 그럼 봤지. 야, 우리 교생 세더라. 클럽 가수라니, 멋지지 않냐? 거기다 미혼모라니, 완전 쇼킹하더라. 드라마틱한 인생인가 봐. 사람이 한 번 사는 거, 그렇게 화끈하게 살아야 하는데, 그치?”

승범이가 과장스럽게 어깨를 건들거리며 말했다. 전혀 어울리지 않았지만 제 딴에는 재미있는지 연방 웃어댔다.

“너, 그것 때문에 애들이랑 학교에서 난리 난 거 몰라?”

“알지. 야, 그나저나 대단하지 않냐? 싸이에 진숙경이라는 사람이 한둘이 아닐 텐데.”

“누가 대단하다는 거야?”

“L 말이야.”

승범이가 키득거리고 웃으며 말했다. 녀석답게, 구김 없는 웃음이었다.

“아무튼 딴소리 그만 하고, 응? 내일 영화 보러 갈 거지?”

승범이가 말했다.

“너…….”

내가 입을 열려는 순간 녀석이 도로를 향해 한 발 성큼 다가섰다.

“버스 왔다. 가면서 얘기하자.”

승범이가 나를 돌아보며 말했다. 버스가 우리 앞에 도착해 푸식, 하고 문을 열었다. 승범이는 경중 하고 버스 위로 뛰어올랐다.

“안 타?”

승범이가 나를 돌아보았다. 나는 뒤로 한 발 물러섰다.

“왜 그래?”

승범이가 눈을 동그랗게 뜨고 나를 바라보았다.

“안 타?”

기사 아저씨가 승범이 뒤에서 목을 빼고 물었다.

“안 타요.”

내가 말했다. 푸식, 하고 다시 문이 닫혔다. 버스가 출발하자 승범이가 통로 사이를 따라 걸으며 창밖을 바라보았다. 내게 뭐라고 얘기를 하는 듯도 싶고, 손짓을 하는 듯도 싶었다.

나는 바닥에 쪼그리고 앉아 무릎에 얼굴을 묻었다.

학교 게시판 앞에 아이들이 잔뜩 모여 있었다.

나는 지척지척 게시판을 향해 걸었다. 게시판 뒤편 축대 위에서 시들시들해진 개나리 꽃잎이 후드득후드득 떨어져 내렸다. 막 돋아나는 새 잎의 눈부신 연초록이 게시판 바로 위까지 흘러내렸다. 그리고 게시판에는 새하얀 종이가 나붙어 있었다.

공고

궁서체의 까만 글씨, 그 단아한 제목 아래로 은하의 이름이 보였다.

송은하—무기정학

은하 이름 위로 다른 이름들도 보였다. 모두 여섯 명, 3학년 네 명과 1학년 한 명 그리고 은하. 숙덕거리는 소리를 들으니 그중 맨 위에 있는 이름이 이번 사건의 발단이 된 바로 그 스톰 짱인 모양이었다.

무기정학.

은하는 아직 돌아오지 않았다. 연락 한 통 없었다. 은하 엄마는 오죽하면 어젯밤 우리 집에까지 찾아오셨다.

무기정학.

징계를 받을 거라고는 했지만 이렇게 무거운 처벌일 줄은 몰랐다. 은하가 가출한 것 때문에 처벌이 더 무거워진 걸까. 한번 나갔으면 다시는 돌아오지 말라는 뜻인 걸까.

그렇게 두드려 패서 쫓아내고 나니 이제 속이 시원한 걸까.

다른 애들도 모두 충격을 받은 것 같았다. 교실로 들어서면서 저마다 한마디씩 했다. 하지만 아무도 큰 소리를 내지는 못했다. 담임도 없는데 지레 목소리들을 낮추었다. 은하의 빈자리를 흘금거리며 불안한 눈빛을 주고받았다. 간간이 안됐다는 소리도 들려왔다.

무기정학 못지않게 간밤에 레인보우가 올린 글에 대해서도 말들이 많았다. 레인보우가 은하라는 것은, 말하지 않아도 다들 잘 알았다.

불을 지르고 싶다는 둥 어쩐다는 둥 은하의 그 살벌한 마지막 표현이 무섭다는 애들도 있었다. 우리가 뭘 어쨌다고 그러느냐고 목청을 높이는 애들도 있었다.

하지만 학생부장과 담임의 행동에 대해서는 안 봐도 훤하다고 다들 고개를 끄덕였다. 내친김이라고, 작정을 한 듯 불만을 쏟아내는 애들도 있었다.

우리 담임이 한번 돌면 좀 심하게 패기는 해, 그치?

학생부장, 그 변태는 언젠가 큰코다쳐봐야 해. 지각했으면 지각한 거지, 왜 회초리로 가슴을 쿡쿡 찔러? 안 그러는 척해도 그걸 모를 줄 알아?

그것뿐이냐? 교복 치마 짧다고 회초리로 치맛단을 슬쩍슬쩍, 도대체 야단을 치겠다는 거야? 딴생각을 하는 거야? 징그러워 죽겠어!

"교실 꼴이 이게 뭐야."

담임은 들어오자마자 신경질적으로 말했다.

교단 바로 아래에 껌종이 두 개가 굴러다니고 있었는데, 그게 눈에 거슬렸던 모양이다. 청소니 환경미화니, 우리 담임은 그런 일에는 대체로 무심한 사람인데.

나는 아프도록 볼펜을 움켜쥐고 칠판의 숫자들을 받아 적었다.

모두 마찬가지인 것 같았다. 숨소리마저 멎어버린 교실 안에 타닥타닥, 볼펜이 종이를 두드리는 소리만 끊이지 않고 이어졌다. 매일같이 되풀이되던 일상이지만, 오늘은 달랐다. 입 꾹 다물고 볼펜만 놀리고 있는 내 모습이 어쩐지 비참하게 느껴졌다. 담임은 교실 분위기를 아는 건지 모르는 건지 한마디 질문조차 던지지 않았다. 그리고 수학시간이 끝나도록 이모는 들어오지 않았다.

어떻게 돌아가고 있는 걸까. 이모는 절대 그냥 있지 않겠다고 했고, 학교도 만만치는 않을 텐데.

애들도 이모가 들어오지 않는 것에 대해 숙덕거렸다. 결국 잘린 모양이라고, 안됐다는 소리를 하기도 했고 당연하다는 듯 고개를 끄덕이기도 했다. 뭐가 되었든, 이모에 대한 이야기를 듣고 있는 것은 괴로웠다. 귀를 틀어막고 싶었다.

나는 벌떡 일어나 복도로 나갔다.

"이보라."

승범이가 나를 불러 세웠다.

"너…… 왜 그래? 왜 전화도 안 받고 그래?"

"아무것도 아니야."

"왜 그래? 나한테 뭐…… 화났어?"

승범이가 슬몃슬몃 주변을 둘러보며 물었다.

"그런 거 아니야."

"영화 보는 거…… 내가 부담스럽게 한 거니? 난 그냥……."

“야.”

내가 승범이의 말을 자르고 들어갔다. 승범이가 멈칫하고 입을 다물었다.

“넌 애가 왜 그러니? 오늘 우리 반에서 무슨 일이 일어났는지 모르니? 우리 반 애가 무기정학을 당했어. 학교에서 잘렸다고! 그리고…… 근데 영화, 너한테는 고작 그런 일만 중요하니?”

“야, 이보라.”

승범이의 얼굴이 일그러졌다. 나는 그대로 돌아서서 교실로 돌아왔다.

공연한 화풀이라는 것을 나도 안다.

나도 승범이랑 다를 바 없는 인간이다. 우리 이모가 아니었다면 교생이 들어오건 말건 내 관심거리가 되지 못했을 것이다. 은하와 옛날에나마 친하지 않았다면, 은하의 무기정학 따위 한두 시간이면 잊었을 것이다. 교생이 바로 우리 이모라는 것을 알았다면 승범이도 이렇게 굴지는 않았을 것이다. 내가 처음부터 이모와의 관계를 밝혔다면 L도 그렇게까지 하지는 않았을지도 모른다.

그래도 돌아버릴 것 같다. 화가 나서 머리가 터져버릴 것 같다. 그런데도 내가 대체 누구에게 화가 난 것인지 모르겠다. 뭔가를 향해 돌팔매질이라도 하고 싶은데 대체 무엇을 겨냥해야 할지도 알 수 없다.

종례를 하러 들어온 담임도 나만큼 이상해 보였다.

"선생이라고 다 같은 선생이고, 학생이라고 다 같은 학생이라고 생각해?"

종례를 하러 들어온 담임이 뜬금없이 물었다. 방정식처럼 딱 떨어지는 사람이 어쩐 일로 횡설수설인지.

"올해로 교사 생활이 십 년째다. 부끄럽지 않은 교사가 되려고 나는 최선을 다했어. 월급이나 받아먹고 퇴직금이나 챙기려고 설렁설렁 다니는 일부 교사들처럼 되지 않으려고 애썼다. 돈가방 들고 와서 들이미는 학원 원장들도 있었지만 눈 한번 깜박하지 않았다. 그런데……."

앞문이 조용히 열렸다.

이모였다.

"무슨…… 일이시죠?"

담임이 물었다. 자기도 모르게 흠칫, 뒤로 한 발 물러서기까지 했다.

"종례잖아요."

이모가 웃으며 말했다.

"……오늘 종례는 이것으로 끝이다."

담임이 말했다. 그러고는 인사도 받지 않고 교실에서 나갔다.

"오랜만이지?"

이모가 웃으며 애들에게 말했다. 부러인지 무언지, 내 쪽으로는 눈길도 주지 않았다. 그래도 나는 그 웃음 뒤의 얼굴을 알 것 같았다.

애들의 호기심 어린 시선, 담임의 노골적인 반감, 그 모든 것을 한 몸에 받다니. 나라면, 돌아버렸을 것이다.

"내일 또 보자."

이모는 끝까지 웃음을 잃지 않고 손을 흔들어 보이고는 교실에서 나갔다.

"어떻게 된 거지?"

수진이가 두리번거리며 물었다. 주경이가 고개를 절레절레 저으며 투덜거렸다.

"몰라. 아무튼 골치 아픈 일 또 터질 것 같다."

"우리 담임 왜 저러냐? 좀 맛이 가지 않았냐?"

주경이가 책을 가방에 함부로 집어넣으며 말했다.

"열 받으니까 그러지. 우리 담임 성질 모르냐? 교생은 교생대로, 애들은 애들대로…… 학교 분위기가 이게 뭐냐? 짜증 나, 진짜……. 보아하니 저 교생, 자기 멋대로 교실에 들어온 모양이다. 엄마들이 학교에서 항의를 하고 난리인가 본데……."

나도 모르게 책을 움켜쥐고 있었나 보다. 손끝이 하얗게 질려버렸다. 주경이가 이쯤에서 관둬줬으면 좋겠다. 정말로 그랬으면 좋겠다.

그런데 주경이는 가방을 척 둘러메며 또 말했다.

"야, 분위기가 이쯤 되면 알아서 찌그러져야 하지 않냐? 나 같으면 쪽팔려서 벌써 도망갔을 거다. 뻔뻔스럽게 정말…… 하기야 그러니까 결혼도 안 하고 애를 낳았겠지.”

나는 손 안에서 부들거리던 책을 더 세게 움켜쥐었다. 그런데도 어느 새 내 손은 제멋대로 날아올랐다. 책이 날아가 주경이의 안경을 맞추고 바닥으로 굴렀다. 안경이 더 멀리 날아가 팍, 하고 내리꽂혔다.

“악!”

비명을 지른 것은 주경이가 아니라 지윤이였다.

“너 미쳤어?”

주경이가 한 손으로 얼굴을 감싸 쥐고 소리쳤다.

“야, 너 왜 그래…….”

수진이가 어쩔 줄 몰라 엉덩이를 들썩이며 말했다. 예닮이가 달려왔다.

“보라야, 왜 그래?”

“제발 그만 좀 해.”

내가 말했다.

“뭘 그만 해? 내가 뭘 어쨌다고?”

“왜 그렇게 함부로 말하는 거야? 네가 그렇게 잘 알아? 남의 인생을 네가 다 알아?”

“너, 뭐야. 교생 때문에 이러는 거야? 네가 대체 왜 난리야? 네가 무슨 상관인데!”

“상관있어!”

나는 소리쳤다.

"우리 이모야. 교생, 우리 이모라고!"

방과 후의 왁자하던 소음이 한순간에 얼어붙었다. 그 정적을 날카롭게 쪼개며 수많은 시선들이 내게 날아와 꽂혔다. 발아래가 푹 꺼져버리는 것 같았다.

"뭐라고?"

수진이가 물었다.

"말도 안 돼."

지윤이가 말했다.

나는 책을 주섬주섬 가방에 넣고 간신히 자리에서 일어섰다.

그리고 돌아서는 순간, 승범이와 눈이 마주쳤다. 승범이가 얼른 눈길을 피했다. 녀석의 몸짓에 가슴 한구석이 쓰라렸다. 녀석이 편한 얼굴로 웃어준다면, 까짓 뭐 어떠냐고 말해준다면, 녀석만 그래준다면, 조금쯤 마음이 편해질지도 모르는데.

예닮이가 나를 붙잡았지만 나는 그대로 교실에서 뛰쳐나왔다.

보라야. 어디야? 나 좀 만나. 할 얘기가 있어.

집에 들르지도 않고 혼자 학원 주변을 어슬렁거리는데 예닮이에게 문자가 왔다. 나는 핸드폰을 끄고 가방에 집어넣었다. 그리고 학원 옆 건물 PC방으로 들어가 카페에 접속했다.

은하가 왜 가출을 하자마자 카페에 그런 글을 썼는지, 그 심정을 조금 알 것 같았다. 나도 무어든 내지르고 싶었다. 카페에서라면 아까는 미처 하지 못한 얘기도 다 할 수 있을 것 같았다.

그런데 카페로 들어가자 나보다 앞서 새 글이 올라와 있었다. 레인보우의 글에 대한 답글, 작성자는 프로도였다.

동영상.

그날, 인호가 담임에게 맞는 장면이었다.

영상이라는 것은 참 이상했다.

인호가 맞는 것을 실제로 볼 때보다 더 리얼했다. 공포를 걷어낸 자리에 새로운 감정이 모습을 드러냈다. 담임의 포악한 표정에 치가 떨렸고, 인호의 처참한 모습에는 가슴이 아팠다.

처음부터 찍은 것은 아닌 것 같았다. 동영상의 시작은 인호가 담임에게 잘못했다고 비는 순간이었다. 그래도 담임은 매질을 멈추지 않고 인호는 결국 '씨발'이라는 말을 털어놓고. 그리고 계속 이어지는 매질. 이모가 담임을 말리고 담임이 인호를 기어이 교실 밖으로 내던지는 상황까지.

인호는 영화 주인공이라도 된 듯 프로도의 동영상에 대해 떠들고 다녔다. 그런 인호가 한심하다고 혀를 차는 애들도 있었지만, 대놓고 핀잔을 주지는 않았다.

동영상의 응원을 받아서인지 국어시간에 교단 옆에서 무릎 꿇고 국어책을 입에 물고 벌서는 아이들을 향해 '찰칵!' 하는 소리가 터졌다. 다행히 국어는 그 소리를 못 들은 것 같았지만 우리는 소리가 난 곳을 찾느라 한 시간 내내 신경이 곤두섰다.

그리고 수학시간, 담임은 또 혼자 수업에 들어왔다. 하지만 이번에도 오 분쯤 뒤미처 이모가 뒷문으로 들어섰다. 그러고는 발소리를 죽이며 은하의 빈자리로 가서 앉았다.

아침에는 이모를 무시하고 조회를 끝냈던 담임이지만, 수학시간에는 달랐다. 하려던 말을 딱 멈추고 이모를 무섭게 노려보았다. 그러더니 담임은 승범이를 불러 일으켰다.

"내일 문제 나와서 적어라."

담임은 그렇게 말하고 교실에서 나갔다.

승범이가 앞으로 나와 마커를 잡았다. 나는 녀석의 뒤통수를 보지 않으려 애쓰며 문제를 연습장에 받아 적었다.

어제 녀석은 우리 아파트 앞 정류장에 나타나지 않았다. 두 정거장 지난 다음인 제 집 앞에서 버스를 탔다. 버스에서도, 학원 복도에서도 우리는 누가 먼저랄 것도 없이 눈길을 피했다. 돌아오는 길에 버스에서도 마찬가지였다. 오늘 점심 때 급식실에서 녀석은 내 옆 빈자리가 바로 앞이었지만 빙 돌아 태주 옆에서 밥을 먹었다.

화가 많이 난 모양이었다.

나 역시 녀석과 다를 바가 없는데, 은하의 일에 별나게 마음을 쓴 것도 아닌데, 녀석에게 그렇게 화풀이를 해버리다니.

먼저 다가가 사과를 할까, 몇 번이고 고민했다. 하지만 결국 아무 말도 하지 못했다. 녀석이 내 사과를 받아줄지, 자신이 없었다. 무엇보다 먼저 다가오지 않는 녀석에게 서운했다.

나는 녀석의 뒷모습을 외면하며 머리에 들어오지 않는 문제를 들여다보았다.

담임은 잠시 후 교실로 돌아왔다.

그리고 세 사람을 지목해 문제 풀이를 시킨 다음 창가로 다가가셨다. 세 명 중 둘이 문제를 풀지 못했다. 담임은 둘에게 가방을 싸라고 말했다. 둘 중 하나는 평소에는 잘하던 아이였지만, 담임은 그런 기억을 잊은 것 같았다. 그 아이는 억울하다는 듯 머뭇거리다 곧 조용히 가방을 챙겼다. 지나치다느니, 억울하다느니, 그런 얘기가 통할 분위기가 아니었다. 그렇게 자유의 감옥에 두 사람이 추가되었다.

수업이 끝난 후 담임이 나가자마자 나는 벌떡 일어나 앞 문간에 서서 복도를 내다보았다. 이모는 책을 가슴에 그러안고 고개를 뻐딱하게 수그린 채 걷고 있었다. 내가 문가에서 바라보고 있다는 것도 모른 채 종종걸음으로 멀어져 갔다.

우리 사이를 절대 비밀로 해야 한다던 이모의 말이 떠올랐다. 애들한테 이미 털어놓아 버렸다고, 그것도 주경이 안경을 깨뜨리면서 소리를 질렀다고, 차마 그런 말을 할 수는 없었다.

나는 그냥 돌아섰다.

그러자 한꺼번에 시선들이 나에게 덤벼들었다. 내가 서 있는 내내 그렇게, 나를 바라보고 있었나 보다. 이런 시선이, 나는 가장 싫다. 그래서 이모의 일도 비밀에 부치려 했던 것인데.

나는 고개를 숙이지 않으려 애쓰며 내 자리로 향했다. 그러다 주경이 자리 앞에서 멈칫하고 섰다.

"안경 값, 얼마야?"

주경이는 못 들은 척 문제집에 영어 단어만 휘갈겼다.

"안경 깨졌잖아."

"안경테랑 안경알이랑 같이 해서 사만 오천 원."

주경이가 고개도 들지 않고 말했다.

"알았어. 내일 갖다 줄게."

나는 자리로 와서 앉았다.

미안하다고, 말해야 한다는 것은 알았지만 그런 말은 나오지 않았다. 언젠가 그렇게 말하게 될지도 모르지만, 지금은 아니었다.

종례 때도 담임은 혼자 들어왔다.

"오늘 수학 수업 제대로 못 한 거, 내일 아침에 보충한다. 다들 삼십 분 더 일찍 등교……."

그런데 담임의 말이 끝나기 전에 또다시 앞문이 열렸다.

이모였다.

"지금 뭐 하는 겁니까!"

담임이 버럭 소리를 질렀다. 이모의 얼굴에서 희미하던 웃음이 순식간에 사라졌다. 담임은 이모에게 성큼성큼 다가갔다. 그 발걸음 소리가 내 심장을 쿵쿵 찍어대는 것 같았다.

"그렇게 말했는데, 못 알아들어요?"

담임이 내지르듯 말했다.

"선생님, 저는……."

이모가 따지듯 입을 열었다. 그런데 담임이 이모의 어깨를 와락 떠밀었다. 이모가 휘청하며 한 발 뒤로 딛자 문지방을 넘어섰다. 나도 모르게 무르춤, 엉덩이를 일으켰다. 지윤이가 붙잡지 않았다면 그대로 일어서 버렸을지도 모를 만큼 다급하게.

"지금 뭐 하시……."

이모가 목청을 높였지만 담임이 빨랐다. 담임은 이모 코앞에 대고 앞문을 쾅 닫아버렸다.

그리고 담임은 돌아서서 내일 삼십 분 일찍 등교하라는 말을 한 번 더 강조한 후 다시 앞문을 열었다. 다행히 이모는 없었다. 담임은 아무 일도 없었던 듯 복도로 성큼 나서서는 빠른 걸음으로 멀어져 갔다. 교실은 갑자기 스위치를 켠 텔레비전처럼 한순간에 왁자해졌다.

하지만 나는 꼼짝 않고 앉아 담임이 사라진 빈 복도를 노려보았
다. 수진이가 돌아앉으며 무어라고 말을 걸었지만, 무슨 말인지 들
리지도 않았다.

　학원에서 돌아오자 이모가 내 방 컴퓨터로 싸이에 글을 올리고 있었다.

　"안 가? 내일 출근해야 할 텐데."

　이모는 대답 대신 내 눈치를 슬금슬금 보며 물었다.

　"애들이…… 나 때문에 난리 났지? 말 많지? 그치?"

　정확한 것은 나도 알 수가 없었다. 내가 이모의 조카라는 것을 안 후 내 앞에서만은 다들 이모에 대한 이야기를 삼가는 것 같으니까.

　"화났어?"

　이모가 나를 툭 치며 물었다.

“됐어. 화가 왜 나.”

“미안해. 신경 쓰이게 해서.”

이모가 머쓱한 얼굴로 턱을 매만지며 말했다.

“됐다니까.”

“나…… 앞으로 사고 더 칠지도 몰라. 그래도 좀 이해해줘, 응?”

“무슨 사고?”

“글쎄…… 난 절대 이대로 물러서지 않을 거고…… 너희 학교에서도 가만히 보고만 있지는 않을 테고……. 그럼 일이 더 커지지 않을까?”

여기서 일이 더 커지다니, 도무지 상상이 되지 않았다. 나는 그저 가만히 방바닥만 내려다보고 있었다.

“그나저나 요새 너희 담임 완전히 코너로 몰린 것 같더라.”

이모가 말머리를 돌렸다.

“그게 무슨 소리야?”

“몰라. 나도 자세히는 모르는데…… 너희 반이 통째로 찍힌 모양이야. 2학년 5반이 여하튼 문제라고, 어제도 교감이 너희 담임한테 호통을 치더라고. 야, 근데 너희 담임 제법이더라. 한마디도 안 지고 꼬박꼬박 말대답을 하던데.”

설마 카페 때문에?

언뜻 그런 생각이 들었다. 이모의 일이라면 벌써 소문이 났다는 것을 알고 있지만, 그것 때문에 우리 반이 찍혔을 리는 없었다. 하지만, '도전 100점!', 은하의 글, 그리고 프로도의 동영상.

"우리 반이 왜 찍혀?"

이모는 가벼운 말투로 대답했다.

"그거야 나도 모르지. 내가 요새 교무실에서 그 뭐냐, 그래, 은따 잖니."

이모가 좀 씁쓸한 미소를 지었다. 그 얼굴을 보자 나도 입맛이 썼다.

"그나저나 너는 모르는 척, 알았지? 잘해! 응?"

이모는 내 어깨를 톡톡 두드리며 말했다. 나는 이모의 얼굴을 힐 끔 쳐다보았다. 이모의 얼굴은 복잡해 보였다. 결심과 갈등과 피로 와 흥분과, 많은 감정들이 뒤섞여 있었다.

복잡하기로는 내 심정도 마찬가지였다. 나는 대답 대신 조그맣 게 한숨을 쉬었다.

"어머, 얘 좀 봐. 왜 대답이 없어?"

이모가 살짝 눈을 흘기며 말했다.

"알았어. 내 걱정은 하지 마. 알아서 잘하고 있으니까."

이모는 내 대답을 듣고서야 안심한 듯 환히 웃어 보였다.

"그럼 이제 어쩔 건데?"

"글쎄, 고민 중."

이모가 어깨를 으쓱했다. 그러고는 맞다, 하고 박수를 치며 말 했다.

"카페에 좀 들어가 보자."

이모가 말했다.

"카페는 왜?"

"왜는? 은하가 거기에 뭐 심각한 글 올렸다면서."

"그건 또 어떻게 알았어?"

"얘는. 나도 다 귀가 있어. 숨은 팬들이 정보를 준다고."

이모가 나를 컴퓨터 쪽으로 밀며 말했다.

너의 목소리가 들려 너의 목소리가 들려 너의 목소리가 들려 너의 목소리가 들려 아무리 애를 쓰고 막아보려 하는데도 아무리 애를 쓰고 막아보려 하는데도

음악 소리보다 먼저 새 글이 떴다는 아이콘이 눈에 들어왔다. '수다있수다'에 올라와 있는 프로도의 동영상에 프로도가 쓴 답글이 또 달려 있었다. 제목은 '앞으로의 계획'.

어제 동영상을 올리면서 올빼미에게 메일을 보냈다. 이 카페를 공개 카페로 바꾸자는 것이었다. 나는 우리끼리 보고 열이나 받자고 그 동영상을 올린 것이 아니었다.

담임의 폭력은 이제 정도를 넘어섰다. 아니, 폭력은 아무리 사소한 것이라 해도 용납할 수 없다. 우리 학교에서 일어나고 있는 이 모든 일은 상

식 이하다.

올빼미. 그런데 너는 왜 내 요구를 듣지 않니?

두려운 건가?

그렇다면 왜 네가 카페를 운영하겠다고 나선 거지?

레인보우의 글과 내 동영상은 이 카페에 올라온 것이고, 나는 퍼다 나르기보다는 이 카페 그대로 공개하고 싶다. 하지만 올빼미가 이렇게 나온다면 나는 내 동영상과 레인보우의 글을 직접 외부에 공개하겠다. 포털 사이트에 올리고 언론사나 교육청 홈페이지에도 올리겠다.

녀석의 글을 읽자마자 포털과 교육청과 언론사 홈페이지를 돌아다녔다. 글을 올린 지 이미 세 시간, 아직 녀석은 어디에도 동영상을 퍼 나르지 않은 것 같았다.

"죽인다. 프로도가 누구니?"

이모는 흥분에 들떠 의자에 엉덩기를 붙이지도 못했다. 나는 연습장의 닉네임을 돌이켜 봤다. 프로도, 그 옆자리는 아직 빈 칸이었다.

"야, 진짜 멋지다. 그래, 이래야지. 그냥 당하고 있으면 안 된다고."

이모는 프로도의 글을 읽고 또 읽으며 연방 신을 냈다.

"어휴, 철없는 소리 좀 그만 해. 이런다고 뭐가 달라져? 그리고 이것 봐. 프로도도 막상 진짜 퍼 나르지는 못했잖아."

"이제 하겠지."

"그렇지 않을걸. 만약 프로도가 이걸 퍼뜨렸다가 일이 커지기라도 해봐. 걔는 끝장이라고."

"글쎄, 과연 그럴까? 은하 글, 읽기만 해도 치가 떨린다마는 고작 너희 반 카페에만 올려서는 소용이 없거든. 그래, 어쩌면 정말 은하가 이 글 때문에 더 무거운 처벌을 받았는지도 모르겠다. 프로도도 잘못하면 큰코다치겠지. 하지만 일이 커지면…… 옛말에 작은 도둑은 잡아도 큰 도둑은 못 잡는다고 했는데 말이야."

"그런 말이 어딨어? 난 처음 듣는구만."

"있어."

뭐라고 말해도 이모의 흥분은 가라앉힐 수 없었다. 이모는 술에 취한 사람처럼 얼굴까지 붉히며 집으로 돌아갔다.

나 역시 가슴 한구석이 거세게 쿵쾅거렸다.

프로도, 프로도, 프로도.

대체 프로도는 누굴까?

수학 보충 때문에 삼십 분 일찍 나오라고 한 것을 잊기라도 한 것일까. 담임은 시간을 넘겨서도 교실에 들어오지 않았다.

하지만 아이들은 담임이 오거나 갈거나 관심이 없었다. 카페에 올라온 글에 대한 이야기로 다들 분주했다.

학생부장의 한심한 짓거리와 담임의 미친 듯한 손찌검에 대해, 이번 기회에 문제 삼아야 한다는 강경파들. 아무려나 일이 커지면 우리도 피곤해질 테니 제발 올빼미가 카페를 공개하는 일만은 없었으면 좋겠다는 소심파들. 그래봤자 올빼미랑 프로도가 정말 그런 사고를 치겠느냐고 말하는 낙관파들.

모두가 한결같이 궁금해하는 것도 있었다.

프로도, 프로도는 과연 누굴까.

동영상을 찍은 각도를 근거로 프로도의 위치를 가늠해보는 아이들이 있었다. 폰카를 들고 인호와 담임이 서 있던 자리를 찍으며 위치를 찾는 아이들을 보면서 나 역시 눈이 번쩍 뜨였다.

나는 남몰래 연습장을 꺼내어 닉네임을 찾지 못한 열 명의 이름을 들여다보았다. 절대로 동영상을 찍을 수 없는 위치에 앉은 아이들의 이름 아래에 조그맣게 체크 표시를 했다.

다섯 명.

프로도의 후보로 좁혀지는 것은 고작 다섯 명이었다.

나는 행여 누가 볼세라 연습장을 꼬깃꼬깃 접어 수첩 안쪽에 깊숙이 쑤셔 넣었다. 그러고도 불안해서 수첩을 가방 맨 밑바닥에 집어넣었다. 그래도 가슴이 쿵쾅거렸다.

어쩌면 녀석이, 바로 프로도인지도 모르겠다.

나도 모르게 예닮이 자리를 돌아보았다. 예닮이는 자리에 없었다. 나는 교실 안을 두리번거렸다. 그런데 예닮이가 태주와 나란히 뒷문으로 들어섰다. 하지만 나는 일어서려다 움찔 멈추었다. 그날 다툰 이후, 예닮이와 내 사이는 좀 어색하다. 은하의 가출 때문에 통화할 때는 잠시 어색함을 잊기도 했지만, 평소 같지는 않다. 아무래도 예닮이는 나를 피하려는 것 같고, 나라도 먼저 스스럼없이 굴고 싶지만 잘 되지 않는다.

하지만 이런 일을 같이 의논할 사람은 예닮이밖에 없는데. 나는 은근슬쩍 예닮이 쪽을 돌아보며 망설이고 있었다.

"조인호, 김주경."

담임이 교실로 불쑥 들어서며 말했다.

인호는 벌써부터 잔뜩 언 얼굴로 어깨를 웅크리며 일어섰다. 주경이는 영문을 모르겠다는 얼굴로 담임을 바라보았다.

"따라와."

담임이 말했다. 그리고 먼저 교실에서 나갔다. 대체 인호랑 주경이가 왜 불려 나간 것인지, 우리 모두 짐작이 가지 않았다. 담임의 표정으로 보아서는 예삿일이 아닌 것 같았다. 1교시가 시작된 다음에도 인호와 주경이가 돌아오지 않는 것을 보면 더욱 그랬다.

"자, 반장을 중심으로 1열횡대, 실시!"

체육이 어슬렁거리며 다가와 말했다. 오늘은 체육복을 빠뜨리고 온 애도 없고, 늦게 나타난 애도 없다. 4열종대로 줄 맞추어 수업 시작을 기다렸다.

그런데 느닷없이 기합이라니.

"다들 쭈그리고 앉아서 손 머리!"

먼지처럼 불만이 뭉글뭉글 피어올랐지만, 대놓고 큰 소리를 내는 애는 없었다. 오히려 조용히 하라고 옆 친구에게 지청구를 주기도 했다. 체육의 비위를 잘만 맞추면 한 시간 내내 그늘에서 노닥거릴 수 있지만, 거슬렀다간 다리에 주가 나도록 고생을 하게 된다.

"출발!"

체육이 말했다.

땡볕이다. 올 들어 최고 기온에 황사도 물러간 화창한 날이라고, 아침 뉴스에서 아나운서가 들뜬 목소리로 말했다. 하지만 무거운 발걸음에 휩쓸린 모래가 부옇게 일어나 운동화는 누렇게 변해버렸다. 최고 기온을 넘어 이상 기온이 분명한 땡볕에 땀은 흘러내릴 새도 없이 목덜미에 끈끈하게 눌어붙었다.

그래도 체육은 우리 곁을 어슬렁거리며 더욱 극성스럽게 굴었다.

"손 머리! 손 머리! 손 내리는 놈은 가만 안 둔다!"

체육이 계속 소리쳤다. 대체 손에는 또 왜 그렇게 집착을 하는 건지.

마음 같아서는 그대로 주저앉고 싶지만 그랬다간 몽둥이가 날아오고 말 테니, 다리가 끊어질 것 같아도 계속 걸었다. 어지럼증에 울렁증이 더해져도 이를 악물고 걸었다. 그렇게 한 바퀴를 더 돌자 속에서 비린내가 올라왔다.

"손 머리 하랬지! 이 자식이…… 왜 손을 내려? 왜, 너도 핸드폰으로 찍고 싶어? 체육이 무식하게 기합 주는 거 찍어서 기념으로 간직할래? 아니면 뭐 할래? 야, 너는 왜 손을 들어? 왜, 한 대 치고 싶냐?"

역시 카페.

그렇다면 인호와 주경이가 불려 간 이유 역시 카페 때문인지도

모르겠다. 나뿐만 아니라 모두들 그렇게 생각하는 것 같았다. 아마
도 프로도를 찾으려는 모양이라고, 만약 프로도의 정체가 밝혀지
면 그 애는 절대 무사하지 못할 거라고, 모두들 입을 모았다.

프로도, 정말 녀석이 프로도일까.

증거 따위는 없다. 하지만 카메라의 각도와 녀석의 평소 행동거
지를 볼 때 프로도는 틀림없이 녀석이다. 닉네임과 짝을 짓지 못한
열 명 중, 그 동영상을 올릴 만한 애는 녀석뿐이다.

막상 녀석은 태연한 얼굴이었지만 외려 나는 불안해서 견딜 수
가 없었다. 혹시 담임이 나를 불러서 프로도의 정체를 추궁하는 것
은 아닐까, 별의별 생각이 다 들었다.

다행인지 무언지 수학시간에 들어온 담임은 프로도나 올빼미
에 대해서는 일언반구도 하지 않았다. 평소처럼 수업을 하지도 않
았다. 갑자기 시험을 보겠다며 프린트를 나눠 주고는 창가에 선 채
뒤 한 번 돌아보지 않았다.

이모는 조회 때도 들어오지 않았다. 그리고 수학시간 역시 마찬
가지였다. 제대로 싸워보겠다고 잔뜩 큰소리를 치더니 어찌 된 셈
인지. 나는 조바심이 나 뒷문을 흘금거리느라 시간이 어떻게 가는
지도 모를 지경이었다.

그러다 수학시간이 반쯤 지났을 대 복도창 시트지 위로 동그란
머리통이 빠르게 지나치는가 싶더니 곧장 뒷문이 열렸다.

이모였다.

이모는 오늘도 은하의 빈자리에 가서 앉았다. 담임은 우악스럽게 팔을 흔들며 이모에게 다가갔다. 그러다 책상에 부딪혔지만 멈추지도 않았다.

"지금 뭐 하시는 겁니까."

담임이 말했다.

"수업 참관 중인데요."

이모가 담임을 올려다보며 말했다. 기죽지 않아 보이려고 목에 힘을 주었지만, 목소리가 희미하게 떨렸다.

"내가, 교무실에 계시라고 얘기했을 텐데요."

담임이 한마디 한마디 꼭꼭 눌러 얘기했다.

"이유를 모르겠네요. 왜, 제가 그래야 하죠? 저는 교생 실습 중이고, 수업 참관은 교생 실습의 일부잖아요."

이모의 목소리 사이로 가쁜 숨이 끼어들었다.

"선생님."

교무부장이 뒷문을 열고 고개를 들이밀었다.

"저 좀 보시죠."

교무부장이 이모에게 말했다.

"지금 수업 중인데요."

이모가 미소를 지으려 애쓰며 대답했다. 교무부장과 담임이 눈빛을 주고받았다. 담임이 뒷문으로 나갔다.

복도 창문 시트지 위로 담임과 교무부장의 머리꼭지가 보였다.

잠시 후 맨들맨들한 대머리가 나타나 합세했다. 교감인 것 같았다. 잠시 후 담임이 다시 교실로 돌아왔다.

"계속 풀어라."

담임이 말했다. 담임은 아까처럼 창가에 다가선 채 남은 시간 내내 꼼짝도 하지 않았다. 교감은 사라졌지만 교무는 수학시간 내내 복도를 지켰다. 그러다 수학시간이 끝나자 교무가 이모를 데리고 갔다.

그리고 주경이가 돌아왔다.

"왜 그래? 무슨 일이야?"

애들이 주경이에게 우르르 몰려들었다. 요즘 들어 무슨 일에든 시큰둥하던 예닮이마저 맨 뒤에서 내 자리까지 달려왔다. 병든 새처럼 엎어져 있던 지윤이도 슬그머니 몸을 일으켰다.

"카페, 그것 때문에 이러는 거야."

주경이가 짜증스럽다는 듯이 말했다.

"카페? 진짜 카페 때문에 불려 간 거야?"

예닮이가 물었다.

"올빼미인지 뭔지를 찾는다고 이 난리잖아. 어휴, 정말. 아니라는데 다 알고 있다면서 사람을 몰아세우냐?"

주경이가 책을 공연히 들었다 세게 내려놓으며 신경질을 부렸다.

"올빼미라니? 올빼미는 갑자기 왜? 프로도 동영상, 그것 때문에 난리 난 거 아냐? 아까 체육도 그랬잖아."

"그렇지. 그러니까 올빼미를 찾는 거지. 올빼미는 프로도가 누군지 알잖아."

주경이는 윤선이와 친했다는 이유로 불려 간 것이었다. 윤선이의 아이디와 비번을 알고 있을지도 모른다고, 최소한 윤선이가 누구한테 그걸 넘겨줬는지는 알고 있을 거라고, 학생부장이 주경이를 다그쳤다고 했다.

그리고 인호.

세 살 때부터 게임 중독이었다는 인호는 컴퓨터 도사다. 초등학교 6학년 때 어떤 게임회사 사이트를 해킹해서 사이버 머니를 조작하려다가 걸린 적도 있다고 했다. 그러니 인호 실력이면 윤선이의 아이디와 비밀번호를 알아낼 수 있을 것이라는 추리라고 했다. 그리고 또, '도전 100점!' 게임을 만든 장본인이 인호라는 의심도 함께였다는 것이다.

"근데 담임이 네가 윤선이랑 친한 건 또 어떻게 알았냐? 친했다고 해봤자 두 달도 안 되고…… 그리고 네가 윤선이랑 뭐 그렇게 별나게 친했던 것도 아니잖아. 윤선이 개가, 모두랑 잘 지내긴 했지만 특별히 누구랑 친하게 지내는 타입은 아니었어. 안 그래? 근데 그런 것까지 어떻게 알았대?"

수진이가 차근차근 따지고 들었다. 모두들 솔깃해져서 수진이의 이야기에 귀를 기울였다. 수진이가 다시 말했다.

"혹시 우리 반에 담임 끄나풀이 있는 거 아냐? 은하가 스톰 짱과

어쩌느니 저쩌느니 하는 얘기도 그렇고…… 윤선이랑 주경이가
친했다는 거, 인호가 게임광이라는 거…… 그리고 카페! 이것도
누군가 로그인을 해서 다 보여줬다는 얘기잖아.”

“그거야 지난번에 담임이 뭐든 써내라고 난리를 쳤을 때, 그때
쓴 거겠지.”

예닮이가 시무룩한 얼굴로 말했다.

“뭐, 그럴 수도 있겠지만…… 난 아무래도 기분이 이상해. 주경
아, 어때? 너랑 윤선이랑 친했다는 거, 담임이 그거 누구한테 들
었대?”

수진이가 물었다. 하지만 주경이는 넌더리를 내며 고개를 저
었다.

“몰라, 몰라. 그걸 내가 어떻게 아냐? 아무튼 질렸다, 질렸어.”

하지만 예닮이가 다시 붙들고 늘어졌다.

“그럼 인호는? 너는 왔는데 인호는 왜 안 와?”

“야, 내가 올빼미라는 게 말이 되냐? 보니까, 학생부장이 우리
담임한테 덮어놓고 데려오라고 우긴 모양이더라. 윤선이랑 친한
애 찾아내라니까 담임이 날 데리고 간 거지. 그렇지만 학생부장이
바보냐? 내가 올빼미가 아니라는 것쯤 금방 아는 거지.”

“인호는 어떻게 된 거냐니까!”

“몰라. 보니까 걔가 올빼미가 맞는 모양이더라.”

“말도 안 돼.”

"아무튼 얼마나 질질 짜는지……. 난 교무부장 책상에 앉아서 얘기하고, 걔는 그 안쪽 상담실에서 얘기했거든. 걔 우는 소리가 밖에까지 다 들렸어. 잘못했다고 막 빌면서 울더라. 우리 담임이 작정을 하고 인호를 잡는 것 같더라고."

"인호도 거기서 맞고 있는 거야?"

예닮이가 흥분해서 물었다.

"조인호는 아예 동네북이구나."

수진이가 안됐다는 듯 말했다. 그리고 주경이는 그저 고개만 저었다. 더는 아는 것도 없고, 말하고 싶지도 않다고 했다.

어쩌면 인호가 올빼미인지도 모른다고, 애들도 그렇게 말했다. 적어도 '도전 100점!'을 만든 것은 인호일 거라고, 다들 그렇게 얘기했다. 하지만 프로도가 누구인지에 대해서는 아무도 추측하지 못했다. 학교에서도 마찬가지인 것 같았다. 오늘 하루가 다 가도록 프로도라는 의심을 받아 불려 간 아이는 아무도 없었다.

인호는 이제 어떻게 되는 거야? 처벌받을까?

올빼미는 괜찮지 않을까? 아무튼 프로도는 무사하지 못할 거야.

올빼미도 무사하지는 못할걸. 송은하 봐라. 그런 거 올렸더니 바로 무기정학이잖아.

그것 때문에 그런 건 아니잖아. 원래 걔는 날라리였잖아. 그리고 가출도 했고.

가출한 거랑 징계랑은 상관없지. 얘기 못 들었냐? 징계위원회는 토요일에 열렸고, 걔는 금요일 밤에 가출했어. 그날은 놀토였는데, 놀토에 학교 안 왔다고 가출이냐? 가출이랑은 상관없어. 카페가 선생들한테 진작에 알려졌다면, 은하가 쓴 글도 이미 봤을 거 아냐.

'도전 100점!', 그 게임 보고 선생님들 다 뒤집어졌을걸.

야, 우리 반 단체로 작살나는 거 아니냐? 아무튼 우리 모두 그 게임을 했잖아. 내가 어제 카페에 가서 보니까 그 게임 조회수가 400이 넘더라.

프로도는 그 동영상을 진짜 다른 데까지 퍼뜨릴까? 그럼 우린 어떻게 되는 거지?

이모에 대해서도 말들이 많았다.

내게 다가와서 이모가 안됐다고, 학교에서 너무하는 처사라고 흥분하는 애들도 있었다. 내 앞에서 대놓고 그러지는 않지만 대체로 그런 얘기가 나도는 것 같았다. 물론 이모의 행동에 대해 비난하는 애들도 있었다. 내 귀에 들리지는 않았지만 그 정도는 짐작할 수 있었다.

"보라야."

종례를 기다리고 있을 때 예닮이가 내 자리로 다가왔다.

"어제…… 은하한테 전화 왔어."

예닮이는 울먹였다.

"내가 어디냐고 물었는데…… 울다가…… 그냥 끊었어. 혼자 있대……. 누구 같이 있는 사람 없냐고 했더니…… 없다면서 울었

어……. 핸드폰은 안 되는 건지, 일부러 안 쓰는 건지…… 공중전
화로 걸었더라고. 자기 무기정학 먹은 거, 다 알더라. 그러니 다시
돌아오고 싶을 리가 없지……. 은하, 어쩌냐. 대체 지금 어디 있는
걸까…….”

“그래서, 그냥, 그렇게 끊긴 거야? 어디 있는지도 몰라? 좀 물어
보지 그랬어!”

지윤이가 흥분을 하고 나섰다. 예닮이는 힘없이 고개만 저었다.

“그러게 왜 가출은 했대! 왜 나갔대! 안 그랬으면 무기정학까지
안 당했을지도 모르잖아.”

지윤이의 얼굴에는 안타까움이 가득했다. 제 일처럼 애를 태웠
다. 하지만 예닮이는 발끈하며 말했다.

“은하가 나가고 싶어서 나갔니? 등을 떠밀었잖아. 담임이, 학교
에서 그렇게 만들었잖아. 그렇게 맞고 그런 취급을 당하면서……
학교라고 왜 붙어 있어야 하는 건데?”

“뭐 하는 거얏!”

담임이 앞문으로 들어서며 고함쳤다.

예닮이는 너무 놀라 저도 모르게 주저앉아버렸다. 지윤이도 예
닮이를 향해 기울였던 자세 그대로 굳어버렸다. 담임은 교단으로
올라서며 무섭게 예닮이를 노려보았다. 하지만 낮은 목소리로 한
마디만 했다.

“가서 앉아.”

예닮이의 말끝을 들었을 텐데 그냥 넘어가다니.

그러고 보니 나이보다 훨씬 젊어 보이던 담임의 얼굴이 어쩐지 십 년은 늙어버린 듯이 보였다. 담임은 신경질적으로 자기 오른쪽 눈썹을 몇 번이고 쓸었다. 담임에게 대체 무슨 일이 생긴 걸까, 그런 궁금증까지 들었다. 쥐가 고양이 생각한다고, 내 처지에서 담임에 대한 걱정은 당치도 않다는 걸 잘 알면서도.

예닮이는 허둥지둥 제자리로 돌아갔다. 담임은 쫓기는 사람처럼 종례를 짧게 끝냈다. 그때까지 돌아오지 않은 인호에 대해서는 아무런 설명이 없었다. 종례가 끝날 때까지 들어오지 않은 이모에 대해서는 말할 것도 없고.

그리고 교실을 나서며 담임이 말했다.

"보라, 나 좀 보자."

"진숙경 선생님이 네 이모라는 얘기는 들었다."

담임은 서두도 없이 말을 꺼냈다. 결국 담임도 알게 될 거라고 예상은 했지만 빨라도 너무 빨랐다. 각오하고 있었던 일인데도 무릎이 떨렸다. 나는 발가락 끝에 잔뜩 힘을 주며 입을 꼭 다물었다.

담임은 잠시 말이 없었다.

하교하는 아이들로 운동장은 어수선했다. 운동장 스탠드 반투명 차양막 아래에 나란히 앉아 있는 우리 모습은, 멀리서 보면 다정하게 면담 중인 사제지간처럼 보이지나 않았을런지.

"일이 이렇게 되면……."

담임이 말끝을 흐렸다. 말줄임표 속에 숨어 있는 많은 감정들이 나를 오싹하게 만들었다.

"이건 네 문제이기도 하고…… 우리 반 전체의 문제이기도 하지. 몇몇 사람 때문에 많은 사람이 피해를 보고 있다는 거, 너도 잘 알 거 아냐. 그렇지? 넌 사리분별이 분명한 아이니까. 반 분위기를 위해 뭐가 좋은 건지 얘기 안 해도 잘 알 테지. 너 자신을 위해서도 그렇고……. 외고 입시, 멀어 보이겠지만 금방이야. 이모 때문에 학교생활에 지장이 있어서는…… 뭐, 더 말 안 해도 알아들었을 걸로 믿으마. 잘 해결해봐."

담임이 말했다. 그러고는 벌떡 일어나 빠른 걸음으로 스탠드 위를 걸었다. 그러다 갑자기 우뚝 멈춰 서더니 내게로 돌아왔다. 담임의 밤색 슬리퍼가 내 눈앞에 꼼짝 않고 버티고 서 있었다. 나 역시 수그린 고개를 들지 않았다.

"이보라."

담임이 내 이름을 불렀다.

나는 천천히 고개를 들었다. 담임이 입을 꾹 다물고 나를 쏘아보고 있었다.

"졸업할 때까지 일 년 반…… 게다가 네가 만약 외고에 떨어지면 새빛고에 가게 될 텐데, 혹시 또 모르지. 같은 재단이니까 나도 그리로 옮기게 될지."

담임은 미소인지 무언지 입술 한쪽 끝을 슬쩍 치켜들었다 다시 내렸다. 그리고 이번에는 망설이지 않고 사라졌다.

나는 운동장 조회대 난간에 부딪혀 빛나는 오후의 햇살을 멍하니 바라보았다.

나더러 어쩌라는 거지? 이모에게 가서 당장 무릎을 꿇으라고 말하라는 건가? 내 얼굴을 봐서 얼른 사라져달라고 사정이라도 하라는 건가? 대체 날 어떻게 보고 이러는 걸까. 이렇게 협박을 하면 그저 두려워 벌벌 떨기나 할 인간으로 보인다는 얘길까.

나는 눈을 지그시 감고 심호흡을 했다. 그래도 어질어질하고 숨이 가빴다. 짓눌렸던 가슴 밑바닥에서 무언가가 끓어오르기 시작했다.

담임의 협박에 못 이겨 창은이가 담배를 피운다는 이야기를 써내고 말았던 일. 그 일로 나 자신을 용서할 수 없었다. 어쩌면 앞으로 오래도록 그럴지도 모른다.

그런데 또 협박이라니.

나는 스탠드에서 일어섰다. 가슴이 벌렁거려서 몇 번이고 심호흡을 하고서야 운동장을 가로질렀다.

공고

은하의 무기정학을 알리는 공고문은 아직도 근엄한 얼굴로 교문 옆 게시판에 붙어 있었다. 은하는 아직 돌아오지 않았고, 우리 모두

은하의 소식조차 모르는데.

약게 굴려면 끝까지 약게 굴 것이지. 이 바보야!

학원에 가려고 집을 나설 때 이모에게 날아온 문자였다.

바보라는 거 취소. 네 맘 다 알아.

이모의 두 번째 문자.

나를 협박하고, 그것으로도 모자라 나를 빌미로 이모를 협박하다니. 어쩌면 이럴 수가 있을까. 내가 선생이라고 믿어왔던 사람이 고작 이런 인간이라니. 아니, 담임 혼자만의 생각이 아닌지도 모른다. 이모에게 교실에 들어가지 말라는 이야기를 한 것도 교무부장이었다고 했으니까.

나는 핸드폰을 꽉 움켜쥐고 이모에게 문자를 보냈다.

나는 상관없어. 괜찮아. 이모 하고 싶은 대로 해.

그러나 이모에게 답장이 오지 않았다. 나는 다시 문자를 보냈다.

정말이야. 나는 괜찮으니까 싸워. 여기서 포기한다면 나, 이모한테 실그리고 학원버스가 멈추었을 때 나는 제일 먼저 버스에서 뛰어 내렸다. 하지만 학원으로 들어가지 않았다.

담임을, 그냥 두고 싶지 않았다. 이런 일을 그냥 넘기고 싶지 않았다. 프로도나 올빼미가 나서지 않는다면 나라도, 일을 저지르고 싶었다.

나는 학원 옆 건물 PC방으로 달려 들어갔다.

프로도의 요구대로 올빼미가 카페의 문을 연다면, 프로도가 그 글을 외부 홈페이지에 퍼 나른다면, 담임은 정말 코너에 몰릴 수도 있다. 뭐든 멋대로 해도 되는 것은 아니라고, 똑똑히 알려줄 수도 있다. 일이 제대로 커지기만 한다면, 협박을 당하는 쪽은 우리가 아닐 수도 있다.

다음에 로그인을 하는 내 손끝이 떨렸다. 마우스를 잡아끄는 그 간단한 동작에 어깨가 뻐근하게 느껴졌다.

너의 목소리가 들려 너의 목소리가 들려 너의 목소리가 들려 너의 목소리가 들려 아무리 애를 쓰고 막아보려 하는데도 아무리 애를 쓰고 막아보려 하는데도

이른 시간이었지만 카페는 왁자했다. 접속자 명단에는 낯익은

닉네임뿐만 아니라 손님도 보였다. 그리고 '한줄메모장'에 올빼미
의 글 두 개와 프로도의 글이 올라와 있었다.

바보 같은 선생들. 당신들은 지금 잘못 생각하고 있어. 조인호는 올빼
미가 아니야. 지금도 인호는 교무실에 붙잡혀 있다지? 그렇다면 내 말을
믿을 수 있겠지. 다시 한 번 말하지만 인호는 절대, 올빼미가 아니야.
내가 바로 올빼미야.
그리고 인호야. 미안해.

프로도. 지금에서야 문을 열었어. 이제 이 카페는 누구나 들어와서 글
을 읽을 수 있어. 모두에게 정말 미안해. 이제야 용기를 냈어.

올빼미, 고마워. 너에게는 큰 결심이었을 거야. 나는 전에 말한 대
로 언론사, 교육청 등의 홈페이지에 가서 우리 반 이야기를 쓸 거야. 그리
고 이 카페 주소를 링크시킬 거야. 나는, 이런 일을 한 우리 반이 자랑스
러워.

우리 반이 자랑스럽다니, 얼마나 쭝딴지같은 소리인가.
그런데도 그 말에 가슴이 뭉클했다. 응원 부대라도 얻은 듯 든든
했다.
나는 네이버로 들어가 검색창에 '새빛중학교'라고 친 다음 엔터

키를 눌렀다. 어느 신문사의 자유게시판에 올라온 웹문서가 검색
되었다.

안녕하십니까.
저는 경기도 고양시에 있는 새빛중학교 2학년 5반 학생입니다.

녀석의 글은 그렇게 시작되었다.

녀석은 동영상 속의 인호가 뺨을 맞게 된 경위를 설명했다. 그리
고 백지에 고자질을 강요했던 사건부터 은하가 징계를 당하게 된
일까지를 서술했다. 신문기사처럼 건조하면서도 정확한 글이었
다. 우리 학원 논술 강사가 보았다면, 잘했다고 A$^+$를 주었을 만한
솜씨였다.

그리고 그 글의 말미에 우리 반 카페 주소를 링크시켰다. 그 아
래에는 우리 학교 교무실과 교장실의 전화번호가 적혀 있었다.

항의 전화를 걸어주세요.

녀석의 글은 그렇게 끝이 났다.

접속자 명단에 뜬 손님의 수가 많지는 않았지만, 닉네임도 갖지
못한 손님의 등장은 카페를 긴장시켰다. 인터넷은 그저 가상의 공
간이라지만, 그 순간 카페는 그렇지 않았다. 실제보다 더 팽팽한 긴

장감이 흘렀다.

나는 일단 녀석이 신문사 게시판에 올린 글을 복사해서 내 네이버 블로그에 올렸다. 만들어만 놓고 한 번도 글을 올린 적이 없던 블로그지만 누군가가 검색할지도 모를 일이니까.

이제 뭘 하면 좋을까.

나는 내 블로그에 퍼 나른 글을 들여다보며 생각에 잠겼다. 그러다 언뜻 수진이가 지난 3월에 들려준 이야기가 떠올랐다. 수진이가 팬클럽 부회장으로 활동하고 있는 가수의 싱글 앨범이 나왔을 때, 팬클럽 아이들은 밤을 꼴딱 새우며 포털에서 그 가수의 이름과 앨범 제목을 검색했다. 그 결과 하룻밤 만에 그 가수의 이름과 앨범은 검색 상위 랭크에 올랐다. 스물네 시간이 지나자 포털 사이트 첫 화면 검색창 바로 아래에 그 가수의 이름이 떴다.

나는 네이버 검색창에 쳐 넣었다.

새빛중학교 동영상.

그리고 엔터.

나는 검색창에 대고 미친 듯이 키보드를 두드리기 시작했다.

나 혼자 그렇게 두드린다고 과연 검색 상위에 오를 수 있을까, 그런 생각조차 하지 않았다. 그냥 아무 생각도 없이 팔이 저리도록 키보드를 두드렸다.

그러고 있는데 엄마에게 전화가 걸려왔다.

—너 어디야? 학원에는 왜 안 갔어?

나는 그제야 정신을 차렸다. 이미 10시 반이었다. 나 혼자 이래
서는 될 일이 아니라는 생각이, 그제서야 들었다.

'새빛중학교 동영상'이라는 말을 네이버 검색 상위에 올려야 해.

나는 카페 '한줄메모장'에 그렇게 써넣었다. 그리고 서둘러 집
으로 돌아왔다.

카페 상황은 심상치가 않았다. 접속자 명단에는 손님이 끊이지
않았고, 프로도의 동영상 조회수는 기대 이상이었다. 포털에 올린
글에 달린 댓글도 굉장했다. 그리고 어쩌면 우리 반의 누군가가 지
금 이 시간에도 '새빛중학교 동영상'이라는 단어를 검색창에 치고
있을지도 몰랐다.

이제, 학교에서는 무슨 일이 일어날까.

새벽 2시가 넘어서야 나는 의자 등받이에 몸을 기댔다. 할 만큼
했다는 기분, 몹시 달리고 난 다음처럼 탈진한 기분이었다. 손가락
하나도 까딱할 수가 없었다. 그래도 내 머릿속은 분주했다.

L.

회원 목록을 열어보니 녀석은 탈퇴를 해버린 상태였다. 이 모든
일을 시작해놓고 저 혼자 숨어버리다니.

그리고 또 누군가.

누군가가 담임의 눈과 귀가 되어주고 있다. 내가 애들한테 이모

와의 관계를 고백한 지 겨우 이틀째, 담임은 벌써 그 사실을 알고 있었다. 담임이 백지에 고자질을 강요했던 길, 담임은 그전에 뭔가 들은 얘기가 있을 것이다. 그래서 그렇게 강경하게 밀어붙였을 것이다. 무엇보다 카페, 누군가가 담임에게 아이디와 비번을 주었거나 적어도 담임을 위해 로그인을 해주었다는 뜻이다.

대체 그게 누굴까.

하지만 L도, 그 누군가도, 어디서부터 꼬리를 밟아야 할지 알 수가 없었다.

나는 무심코 책꽂이 맨 윗칸에 꽂혀 있던 『데스 노트』에 시선을 던졌다. 아무 권이나 집어 들어 페이지를 펼쳤다. 후루룩, 페이지를 넘기자 주인공인 라이토와 L의 얼굴이 어색한 애니메이션처럼 빠르게 움직였다. 사신 류크가 은밀한 진실을 안다는 듯 음흉한 눈길을 던지기도 했다.

그러다 문득, 나는 다시 자세를 고쳐 앉으며 한장 한장 꼼꼼하게 책장을 넘겼다. 책장을 덮어 표지를 확인하자 7권, L이 도사리고 앉아 생각에 잠긴 얼굴로 나를 똑바로 바라보고 있었다. 나는 그렇게 굳은 듯 L과 시선을 맞추고 기억을 들추어냈다.

나는 닉네임을 적어둔 연습장을 펼쳤다. 그 맨 아래, 아직 닉네임을 찾지 못한 열 개의 이름을 차례로 훑어보았다. 그중 하나의 이름이 볼드체로 도드라져 보였다. 여태껏 열 개의 이름 속에 섞여 있던 이름인데, 그 순간은 달랐다. 내게는 그 이름만 보였다. 나는 연습장을 꽉 움켜쥐었다.

그러다 어느 순간 억지로 물속에 붙잡아 두었던 고무 인형을 놓친 것처럼, 기억이 물 위로 퉁퉁 튀어 올랐다. 물방울이 튀어 올라 나는 눈을 감았지만 얼굴이 젖었다.

그리고 새벽 4시를 알리는 핸드폰 신호음이 울렸을 때, 나는 네이버에 접속했다.

ㄴ에게

안녕. 나는 라이토야.

보내는 사람 닉네임이 떴을 테니 너도 이미 알고 있겠지.

나는 네가 누군지 알아.

증거는 따로 필요하지 않겠지. 지금 나는 우리 반 주소록에 나와 있는 네 메일 주소를 보고 이 메일을 쓰고 있으니까.

지금 우리 반이 어떤 상황인지는 너도 잘 알겠지? 교생도 학교에서 잘리게 생겼어.

교생은 지금 화가 많이 났어. 이보라도 마찬가지더군. 너를 가만두지 않겠다고 벼르고 있겠지.

그런데 내가 교생에게 ㄴ이 누군지 알려주면 어떻게 될까? 카페 때문에 학교가 발칵 뒤집혔는데 너까지 한몫 거들었다는 게 알려지면 어떻게 될까?

네가 살 수 있는 방법을 알려주지.

내일 오후 4시 크므분까지 수정아파트 앞 마을버스 정류장으로 와.

추신. 기억하나? L은 결국 라이토를 이기지 못했어.

아침이 되자 문득 내가 무슨 짓을 저지른 건가 하는 생각이 들었다. 혹시 내가 바로 '바이올라'라는 것을 벌써 학교에서 알아버린 건 아닐까 하는 두려움도 일었다. 인터넷에 접속해보았지만 검색 상위에 우리 학교 이름은 없었다. 기운이 좀 빠지는 것 같았다.

하지만 카페로 들어가자 상황은 달랐다. 우리 카페의 방문자 수는 하룻밤 새 지금까지 쌓인 숫자의 두 배에 육박하고 있었다. 이른 아침인데도 손님 여럿이 카페 안을 서성이고 있었다.

그리고 교문 앞에는 이모가 서 있었다.

“수업 참관은 교생의 정당한 권리입니다.”

이모의 손에 들려 있는 피켓에 커다랗게 쓰여 있는 문구였다. 이모의 다리에 기대어 세워져 있는 전지 크기의 종이에는 좀 더 작은 글씨가 빼곡했다. 그간의 경과를 적어놓은 것이었다.

등교하는 아이들은 이모를 보고 웅성거렸지만, 이모가 써넣은 내용을 자세히 읽을 수는 없었다. 학생부장과 교무부장이 눈을 부라리며 이모 곁을 지키고 있었기 때문이었다.

“이게…… 어떻게 된 거야? 이모, 괜찮아?”

예닮이가 겁에 질린 얼굴로 물었다.

“성질대로 하는 건데 괜찮지 그럼.”

나는 예닮이의 교복을 잡아끌어 교문 안으로 들어섰다. 우리 모습이 눈에 띄어서야 이모의 마음만 구거워질 테니까.

“야, 너…… 괜찮겠어?”

교실로 들어서며 예닮이가 내게 조심스레 물었다.

“괜찮지, 그럼. 내가 뭐 죄지었니?”

예닮이가 여전히 불안한 얼굴로 주저하며 말했다.

“담임이…… 가만있지 않을 텐데.”

담임이라, 그 말에 일순 심장이 오그라드는 것 같았다. 하지만 나는 예닮이의 손을 꼭 붙잡고 교실 문을 벌컥 열었다.

그러자 인호가 흥분한 얼굴로 속보를 전해주었다.

은하 아버지가 아침부터 학교를 발칵 뒤집어놓았다는 것이었다.

간밤에 은하의 애인이라고 알려진 스톰 짱이 또 다른 패싸움에 휩쓸렸다가 경찰에 붙잡혔다고 했다. 다들 은하가 그 오빠랑 같이 있을 줄 알았는데, 그 오빠는 은하의 행방을 몰랐다. 가출하고 처음 며칠은 같이 있었는데, 사흘 전 헤어졌다는 것이었다. 은하 아버지는 격분해서 그 오빠를 때렸고, 하마터면 그대로 철창신세를 질 뻔했다고 했다.

그리고 경찰서에서 나온 은하 아버지는 곧장 학교로 찾아온 것이었다.

"말도 마! 난리가 났어! 은하 아버지가 우리 담임 멱살을 잡고…… 화분을 던지고…… 경찰서 가기 전에 소문 듣고 카페에 들어왔었대. 거기서 은하가 쓴 글도 보고 프로도가 올린 동영상도 보고…… 담임이 은하가 가출하도록 만든 거나 마찬가지라면서, 책임지라고 난리가 난 거야!"

인호는 아침부터 신바람이 났다. 담임이 은하 아버지에게 떠밀려 넘어지던 장면을 지치지도 않고 흉내 냈다.

"학생부장은? 은하가 학생부장 얘기도 썼잖아."

학생부장에게 유감이 많은 수진이가 잊지 않고 말했다. 인호가 어깨를 으쓱했다.

"몰라. 학생부장은 보이지도 않더라. 어디로 내뺐나? 그리고 동영상, 그거 강력한 거거든. 은하가 그냥 말로 쓴 거랑은 또 달라요.

거기 찍힌 건 나지만 은하 아버지 눈에는 내가 은하로 보이지 않았겠냐? 뭐, 학생부장이 재단 이사장의 뭐라나…… 암튼 빽이 있다는 얘기도 있고 말이야. 어쨌든, 은하 아버지 진짜 세더라. 속이 후련하더라니까!”

내가 알기에 은하 아버지도 만만치 않게 은하를 때린 전력이 있는데, 그래도 남이 그러는 것은 참을 수가 없었던 모양이다.

교무실 전화가 불통 상태라는 소리도 들려왔다. 학교 운영위원인 학부모들이 아침부터 교무실에 몰려와 있다고도 했다. 안타깝게도 언론사에서 취재를 왔다거나 경찰에서 나왔다는 소리는 들리지 않았지만, 사태는 심각하게 돌아가고 있었다. 아쉽게도 네이버 검색 상위에 랭크되지는 못했지만, 적어도 우리 학교 내에서는 검색 최상위에 랭크된 것이 바로 우리 반이었다. 그중에서도 바로 우리 담임이 그랬다.

담임은 조회에 들어오지도 않았다. 우리 반은 더 심하게 술렁거리기 시작했다.

“야, 진짜 신나지 않냐? 우리가 제대로 한 방 먹인 거야!”

예닭이가 큰 소리로 떠들어댔다.

“그렇지만 학교에서 그런 걸 퍼뜨린 게 누군지 알아내면…… 어쩌지?”

달뜬 얼굴을 한 채로, 수진이가 심각하게 말했다. 예닭이는 그 말에 눈을 동그랗게 떴다.

"학교에서 그걸 어떻게 알아내?"

"그거야 뭐, 어렵겠냐? 비밀이 어딨냐? 보라랑 교생 선생님 관계도 그렇고…… 은하 일도 그렇고…… 여태 비밀이 지켜진 게 있냐? 그리고 인터넷에 올린 글이야 아이피니 뭐니 추적하면 금방 다 나오는 거지."

"……아이피 추적을 아무나 하나? 선생님들이 그런 걸 어떻게 하냐?"

"경찰이 도우면 되지."

수진이가 말했다.

"경찰?"

예닭이는 얼굴이 하얗게 질렸다.

"그럴 수는 없지. 경찰이 나섰다간 학교도 무사하지 못할 텐데. 체벌이나 성희롱은 모두 불법적인 일이야."

홍태주가 어쩐 일로 끼어들었다.

"그렇지? 그렇지?"

예닭이가 태주에게 내쳐 물었다.

"그리고 포털이니 블로그니 카페니, 글을 퍼다 나른 건 프로도 하나가 아니라던데."

태주가 느릿느릿 말했다. 그러고는 대답도 듣지 않고 어슬렁거리며 사라졌다.

"거봐!"

예닭이가 다시 의기양양하게 입을 열었다.

"그럼. 알 리가 없지. 올빼미만 입을 다물면, 프로도가 누군지 학교에서 어떻게 알겠어? 그리고 바이올라도"

예닭이가 나를 힐긋 바라보며 의미심장한 미소를 지었다.

그런데 쾅!

부서질 듯 앞문이 열렸다. 담임이었다.

"김예닭. 이리 나와!"

담임이 험악하게 소리쳤다.

럭셔리 장의 모습이 아니었다. 머리카락은 아무렇게나 헝클어졌고 넥타이를 매지 않은 셔츠의 맨 위 단추도 풀어진 상태였다.

"네?"

예닭이가 질린 목소리로 되물었다.

"김예닭. 이리 나오라고!"

담임이 다시 소리쳤다. 예닭이는 금방이라도 울음을 터뜨릴 것 같은 얼굴로 엉거주춤 일어섰다. 담임은 무서운 얼굴로 예닭이를 노려보았다.

그러다 내게로 시선을 돌렸다.

나는 지지 않고 담임을 노려보았다. 담임의 눈빛이 이글거렸지만 어금니를 악다물었다. 그러자 담임이 먼저 흔들렸다.

"이보라."

담임이 내 이름을 씹어 먹을 듯 내뱉으며 성큼성큼 다가왔다.

"네."

"너, 학교 그만 다니고 싶어?"

담임이 목소리를 깔고 이죽거렸다.

또다시 협박이라니. 이번엔 예닮이라니. 밤새 '새빛중학교 동영상' 엔터를 치면서 내 분노는 바닥을 드러낸 줄 알았는데, 그렇지 않은 모양이었다.

나는 고개를 꼿꼿이 들고 담임을 마주 보았다. 그리고 바싹 마른 입술을 열었다.

"누가 학교를 그만 다니게 될지는 모르는 일이죠."

내가, 정말로, 그렇게 말해버렸다.

엉거주춤 서 있던 예닮이가, 털썩 주저앉았다. 주경이도 눈을 크게 뜨고 나를 향해 굳어버렸다. 교실의 모든 시선이 그렇게 멈추었다.

이번에도 담임이 먼저 움직였다. 내게로 한 발 더 다가왔다. 심장이 옥죄는 듯했지만 나는 버텼다. 담임을 똑바로 쏘아보았다.

"너, 지금 뭐라고 했어?"

담임은 더 이상 이죽거리지 못했다. 부들부들 떨며 간신히 그렇게 말했다. 나 역시 온몸이 떨렸다. 두려움인지, 분노인지 알 수 없는 감정이 나를 온통 뒤흔들었다. 그래도 한 가지 생각만은 또렷했다.

이따위 사람을 두려워하고 싶지는 않다. 협박 따위에 벌벌 떠는 인간이 되고 싶지는 않다.

나는 주먹을 꽉 쥐고 한마디 한마디 내뱉기 시작했다.

"누가 학교를 그만 다니게 될지는 모르는 ……."

담임의 손이 날았다. 나도 모르게 눈을 질끈 감았다. 그리고 다음 순간 뺨에서 불이 일었다. 한순간, 눈앞에서 하얗게 번개가 쳤다.

뺨을 맞다니, 난생처음 있는 일이다. 이런 일이 내게 일어나리라는 생각조차 해본 적이 없다.

하지만 나는 다시 몸을 일으켜 담임을 쏘아보았다.

"뭐라고 했어?"

담임이 다시 물었다.

"누가 학교를 그만 다니……."

온몸이 떨려 말이 제대로 나오지 않았지만 기어이 말했다. 이번에는 담임이 좀 더 빨리 손을 날렸다. 눈을 부릅뜨고 싶었지만 되지 않았다. 나도 모르게 눈을 감았고, 균형을 잃고 쓰러졌다. 우당탕탕 하는 소리와 함께 통로로 나뒹굴었다.

그때 누군가 비명을 질렀다.

"그만 해요!"

지윤이였다.

"뭐야!"

담임이 고함쳤다.

"그만 해요! 그만 해!"

지윤이는 제자리에서 발을 동동 구르며 비명을 질렀다.

"뭐 하는 거야!"

담임이 지윤이에게 다시 소리쳤다. 하지만 뒤로 한 발, 물러섰다.

"그만 해요! 제발 그만 좀 해요! 예닮이는 윤선이랑 안 친해요! 보라는 교생 조카가 아니에요. 다, 내가 지어낸 이야기라고요! 다 거짓말이에요!"

지윤이가 미친 듯 울부짖고는 울음을 터뜨렸다.

"지금 무슨 소리를 하는 거야? 시끄러!"

담임이 지윤이에게 발악하듯 소리쳤다. 그리고 손을 번쩍 들어 지목하며 발작하듯 외쳤다.

"김예닮, 이보라, 따라 나와!"

하지만 지윤이가 다시 소리쳤다.

"선생님이 자꾸 말하라고 하니까, 안 그러면 애들한테 그동안 내가 한 짓을 다 말하겠다고 하니까, 그러니까 내가 아무 말이나 한 거라고요. 내가 카페 보여준 거, 애들한테 말하겠다고 하니까 그냥 아무 소리나 막 지껄인 거라고요. 다 지어낸 소리예요! 다 꾸며낸 얘기라고요!"

"너, 너 지금 무슨 소리를 하는 거야?"

담임이 뺨을 실룩거리며 말을 더듬었다.

"그만 좀 하세요! 그만 좀 하라고요!"

지윤이가 비명처럼 소리쳤다. 그리고 제자리로 무너지며 소리

내어 울기 시작했다.

우리 모두 담임을 바라보았다. 다른 반 아이들도 우리 교실을 기웃거렸다. 뭐라고들 숙덕이는 것 같았다. 하지만 담임은 우리를 바라보지 못했다. 지윤이만, 지윤이의 들먹이는 어깨만 노려보았다.

"선생님?"

교무부장이 앞문에 나타났다. 담임은 대꾸도 없이 교무부장을 지나쳐 교실에서 사라졌다. 교무부장은 굳은 얼굴로 담임의 뒤를 따라갔다.

1교시에 들어온 사회의 얼굴도 심상치 않았다. 늘 웃던 표정은 간데없고 미간이 잔뜩 곤두서 있었다.

"왜 그러니? 어디 아파?"

사회가 물었다. 지윤이는 그래도 엎드린 채 흐느끼기만 했다. 예닮이가 대신 그렇다고 대답했다.

"양호실에 갈래?"

예닮이는 그러겠다고 대답하고 지윤이의 어깨를 잡아 일으켰다. 지윤이는 고개를 가슴까지 떨어뜨린 채 예닮이에게 이끌려 교실에서 나갔다.

바보 같은 계집애.

반장으로서 인정받으려고 기를 쓰던 지윤이다. 담임의 눈치가 보여 주눅이 들었던 지윤이다. 남이 맞는 걸 보고도 제가 울 만큼 겁이 많은 지윤이다.

어디서 들었는지 카페에 대해 물었겠지. 처음에는 모른다고 잡아뗐지만 결국은 버티지 못했겠지. 그리고 스톰 일이 터지자 카페의 일을 빌미로 지윤이를 협박했겠지. 우리 반에 무슨 소문이 돌고 있는지를 캐물었겠지. 그리고…….

올빼미에 대해, 이모에 대해, 프로도에 대해, 아는 건 다 말하라고 했겠지. 모르면 생각을 해내라고 했겠지. 그러지 않으면 지윤이한테 들어서 다 안다고 애들을 추궁하겠다고 했겠지……. 지윤이는 뭐든 묻는 대로 다 불고 말았겠지…….

바보 같은 계집애.

나는 지윤이 자리를 바라보았다. 대충 수습을 하느라 했지만, 지윤이의 자리는 엉망이었다. 가방 속의 것들이 함부로 나뒹굴고 의자는 삐딱하게 놓여 있었다.

몰랐으면 좋았을걸.

나는 사회책 모퉁이에 그렇게 적었다. 나도 모르게 볼펜이 가는 대로 그렇게 적었다.

프로도의 글이 학교를 뒤집어놓고 담임이 꼼짝없이 궁지에 몰리는 것, 나의 오늘이 그렇게 끝났으면 좋았을걸.

나는 벽시계를 바라보았다.

오늘 오후 4시 30분, L은 내가 지정한 장소에 나타날 것이다.

가야 하나, 말아야 하나.

L의 정체를 알고 싶은 걸까, 모르고 싶은 걸까.

1교시가 끝날 때쯤 예닮이가 돌아왔다.

"선생님. 지윤이 아무래도 조퇴해야 할 것 같아서…… 가방 가지러 왔어요."

사회는 알았다고 고개를 끄덕여주었다. 예닮이는 엉망이 된 지윤이의 가방을 챙겨 들고 나갔다. 그리고 지윤이를 버스 정류장까지 바래다주고 돌아왔다. 그러자 기다렸다는 듯 학생부장이 나타나 예닮이를 데리고 갔다. 예닮이는 얼굴이 하얗게 질려서 학생부장의 뒤를 따라갔다.

그리고 하루가 다 지나도록 담임도, 이모도, 예닮이도 나타나지 않았다.

나는 수정아파트 114동의 4층 복도 창에 팔을 걸치고 서 있었다.

내 기억대로 그 자리에서는 마을버스 정류장이 훤히 보였다. 우리 집처럼 드나들던 곳이니 이쯤은 미리 짐작할 수 있었다. 혹시 L이 착각을 하고 건너편으로 와도 상관없었다. 마을버스를 중심으로 양쪽 10미터 너머 인도가 훤히 다 보였다.

푸른 교복과 회색 교복이 어지러이 뒤섞여 길을 오갔다. 마을버스도 뭉텅이 뭉텅이 교복 차림의 아이들을 토해내었다. 간간이 노랗고 붉은 티셔츠를 입은 초등학생들이 겨울 벌판에 핀 화려한 꽃처럼 어색하게 끼어들었다.

이모에게 문자가 왔다. 나는 그렇다고 답장을 보냈다. 이모가 곧장 전화를 걸어왔다.

—어떻게 된 거야?

나는 다짜고짜 물었다.

—너희 담임, 사표 내기로 했대! 들었어?

이모가 흥분한 목소리로 말했다. 등줄기가 서늘해지며 온몸에 소름이 돋았다. 뭔가 일이 터질 줄은 알았지만 이 정도일 것이라고는 생각지 못했다.

—오늘 아침부터 교무실 전화는 불통, 교육청에서 연락이 오고…… 학부모들이 찾아오기도 하고…… 그야말로 학교가 발칵 뒤집혔지, 뭐. 학교로서는 뭔가를 허야 하지 않겠니? 그러니 너희 담임이 딱 걸린 거지. 동영상, 그거 증거잖아, 증거. 그래서 학교에서는 너희 담임한테 건강상의 이유로 휴직을 하고, 내년에 새빛고로 복직하라고 했대. 근데 싫다고, 차라리 관두겠다고 했대. 자기는 잘못한 게 없다나? 기가 막혀서 정말……. 하기야 그 징글맞은 학생부장은 여전히 기세등등하니 너희 담임이 억울했을지도 모르겠다. 아무튼 2학년 5반 대단하다. 장해!

담임이 학교를 관두게 되었다는 갈을 들어도, 전혀 신나지 않았다. 그토록 간절히 바랐던 일이 일어났다는데도, 조금도 즐거워지지 않았다. 버스 정류장에 붙박인 내 시선은 여전히 불안했고, 지윤이의 비명 같은 울음소리는 귓전을 떠나지 않았다.

—이보라.

이모의 목소리가 갑자기 진지해졌다. 나는 핸드폰을 다시 쥐며 숨을 가다듬었다.

—나, 지금 교장실에 갈 건데…… 그전에 너한테 다시 물어볼게…….

—괜찮아.

내가 이모의 말을 자르며 대답했다.

—너, 내가 무슨 말 하려는지 알아?

—그래. 괜찮아. 나, 잘할 수 있어. 이깟 중학교 그래봤자 2년만 지나면 졸업이야. 나 신경 쓰지 마. 누가 뭐래든 잘 이겨낼 수 있어.

이모는 잠시 말이 없었다.

담임이 학교를 그만둔다고 해도, 학교는 여전할 것이다. 그래도 협박을 겁내고 싶지는 않다. 적어도 자신을 부끄럽게 여기는 인간이 되고 싶지는 않다.

—정말 괜찮아?

이모가 내게 다시 물었다. 나는 다시 한 번 그렇다고 힘주어 말했다.

—나도 어젯밤에는 몹시 흔들렸어. 네 걱정이 되어서…… 그냥

관둘까 했지. 하지만 프로도랑 올빼미, 걔들 보니까 마음이 달라지더라. 애들도 그러는데…… 내가 도망치면 너무 부끄럽잖니. 그래서 말이야, 이제부터는…….

이모가 말했다. 하지만 나는 더 이상 이모의 이야기를 듣고 있지 않았다.

녀석이 모습을 드러내었다.

9-2번 버스가 막 출발했을 때였다. L이, L일 리가 없는 아이가, L일 것만 같은 아이가 건너편 정류장으로 다가왔다.

나는 이모에게 나중에 얘기하자며 전화를 끊었다. 핸드폰을 치마 주머니에 넣고 양손으로 창틀을 꽉 부여잡았다. 차가운 금속이 손바닥을 짓눌렀지만 힘을 뺄 수가 없었다.

아니, 그저 버스를 타러 온 것인지도 몰랐다. 아직 약속 시간까지는 십오 분이 남아 있었다.

또 다른 마을버스가 급하게 멈추었다. 녀석의 모습이 가려졌다. 마을버스는 곧 떠났다. 하지만 녀석은 그 자리에 있었다.

9908번이 지나갔다. 22번도, 9-1번도, 7-2번도 지나갔다. 수정아파트 앞을 지나가는 버스가 전부 한 번씩은 정류장에 들렀다. 그래도 L은 꼼짝 않고 서 있었다.

마침내 4시 25분이 되었다.

L이 움직였다.

L은 정류장 옆 게시판에 바싹 다가서더니 게시판과 담벼락 사이

에 몸을 반쯤 밀어 넣었다. 취객들의 추태로 악취가 진동하는 그곳으로 자신을 밀어 넣었다.

L.

녀석의 핸드폰 첫 화면을 장식하고 있던 L의 얼굴. 그것을 보았을 때도 내가 가장 좋아하는 만화 『데스 노트』를 녀석과 공감하고 있다는 기분 좋은 상상을 했을 뿐이었다.

우리 이모가 서른이나 되었다는 사실을 아는 애들은 아무도 없는데, 녀석이 이모더러 나이보다 젊어 보인다고 했을 때도 나는 그저 흘려들었다.

이모의 사진이 싸이에서 퍼온 것이라는 사실을 녀석이 어떻게 알았을까, 그런 의심은 전혀 하지 않았다.

그 모든 사실을 뒤늦게 떠올리면서도, 녀석에게 메일을 보내면서도, 나의 과도한 망상이기를 바랐는데. 그랬는데.

녀석은 여전히 게시판 뒤에 숨어서 바깥을 기웃거리고 있다.

그리고 낡은 엘리베이터가 덜커덩, 위협적인 소리를 내며 열렸다. 타박타박 익숙한 발소리가 들렸다. 그 순간 다리에 힘이 풀렸다. 나는 창틀을 더 세게 부여잡았다.

"보라야. 네가 우리 집에는 어쩐 일로……."

예닮이었다. 나는 예닮이를 돌아보았다. 내 핸드폰이 알람을 울리기 시작했다. 4시 30분이었다. 나는 고개를 돌려 정류장을 바라보았다. 녀석은 여전히 그곳에 선 채 얼굴만 내밀고 주위를 살피고 있었다.

"보라야…… 너…… 알고 있었구나……."

예닭이의 울먹이는 목소리.

나는 예닭이에게로 천천히 고개를 돌렸다. 어느새 예닭이가 바로 곁에 다가와 있었다. 예닭이의 두 눈에는 눈물이 그렁그렁했다.

"보라야. 미안해……. 이렇게 될 줄은 몰랐어……. 그냥…… 나도 윤선이처럼 되고 싶어서…… 잘할 수 있을 것 같아서…… 내가 미쳤나 봐……."

나는 예닭이에게서 고개를 돌려 다시 정류장을 바라보았다. 녀석은 여전히 그곳에 있었다.

교생이 우리 이모라는 사실을 밝힌 뒤에라도 녀석이 먼저 미안하다고 한마디만 했다면, 그냥 재미 삼아 별 뜻 없이 한 짓이었다고 한마디만 했다면, 나는 녀석을 용서했을지도 모른다. 하지만 녀석은 여태 한마디도 하지 않았다. 나에게, 모두에게 시치미를 떼고 있었을 뿐이다.

"바로 지웠어야 했는데……. 애들이…… 관심을 보이니까…… 그냥 며칠만 있으려고 했어……. 그러면 될 줄 알았어……. 그런데…… 보라야…… 미안해…… 정말……."

무슨 이야기일까.

나는 녀석에게서 고개를 돌려 예닭이를 바라보았다. 예닭이의 눈에서 고였던 눈물이 투두둑 떨어져 내렸다.

"승범이라는 걸 알았지만…… 너한테 얘기할 수가 없었어…….
내가 한 짓을…… 네가 알게 될까 봐…… 그러다 너한테 고백을
하려고 했는데…… 그땐 이미 일이 너무 커져서…….”

나는 다시 고개를 돌려 정류장을 바라보았다.

승범이가 돌아서고 있었다. 그리고 주변을 두리번거리면서 걷
기 시작했다. 잰걸음으로 다급하게 멀어져 갔다.

"그래도 나…… 오늘은 잘했어.”

예닮이가 훌쩍거리며 조금 힘주어 말했다. 나는 다시 예닮이를
바라보았다. 예닮이가 홍건한 두 눈을 손바닥으로 닦으며 억지로
미소를 지었다.

"학생부장이 아무리 협박해도 입 다물었어. 태주가 시키는 대로
잘 했어. 태주가 그랬거든. 우리만 입 다물면 절대 모를 거라고. 자
기도 교육청이나 학교랑 관계있는 사이트에는 글 안 올렸대. 회원
가입을 했다가 들통이 날 수도 있으니까…… 그러니까 절대 모를
거라고. 우리만 입 다물면 된다고…….”

예닮이의 미소가 허물어지며 아래턱이 실룩거렸다. 그래도 예
닮이는 어금니를 악물고 나를 바라보았다.

태주라니, 갑자기 태주 얘기는 왜 나온 걸까.

아마 홍태주가 바로 프로도일 거라고, 나도 짐작하고 있었다. 하
지만 태주가 시키는 대로 했다니, 그건 또 무슨 말일까.

"나, 겁 많잖아. 그래도 견뎠어. 태주랑 네 생각 하면서……. 내

가 올빼미가 아니라고 끝까지 잡아뗐어. 내가 들통 나면 너희까지 들통 날까 봐……."

"네가…… 올빼미라고?"

나는 예닮이에게 물었다. 목구멍이 뻐근해서 말이 제대로 나오지 않았지만 예닮이는 내 질문을 알아들었다. 고개를 끄덕이며 힘겹게 말했다.

"보라야. 미안해……. 정말…… 미안해……."

예닮이는 내 어깨에 얼굴을 툭 대며 기대어 왔다. 예닮이의 어깨가 떨리기 시작했다.

무얼까. 우리를 이렇게 만든 것은. 우리를 이렇게 몰아간 것은 대체 누굴까.

어떻게 예닮이가 올빼미일 수 있는 걸까. 어떻게 승범이가 바로 L일 수 있는 걸까. 어떻게 지윤이가 담임의 끄나풀일 수 있는 걸까. 어쩌면 내가, 은하를 그토록…….

분명한 것은 아무것도 없었다. 분명하다고 여겼던 많은 것들이 나를 비웃듯 안개 속으로 멀어져 갔다.

나는 두 팔을 들어 예닮이를 끌어안았다. 소리 죽여 울던 예닮이가 울음소리를 터뜨렸다. 나는 예닮이를 끌어안은 손에 힘을 주었다. 그리고 나도 울기 시작했다.

우리 반에 새 담임이 왔다.

예전 담임이 학교를 그만둔 지 이 주 만이다.

"우리 반에 좋지 않은 일이 있었다는 얘기는 들었어. 부모님들도 걱정이 많으실 테고 너희들도 혼란스럽겠지."

올해 서른네 살, 독신이라는 수학 담당 여선생은 인상이 서글서글하다. 사뭇 우리를 이해하는 양 입을 여는 태도 역시 스스럼이 없다.

"카페에 대해 더 조사를 해야 한다는 의견도 있는 것 같지만, 내 생각은 달라. 지나간 일은 지나간 일, 이제는 덮어두는 게 좋겠어.

하루하루가 중요한 시기인데, 그런 일을 들추면서 시간을 허비할
수는 없잖아. 안 그래?”

담임은 꽤나 아량을 베푸는 듯 말했다. 여기저기서 “네.”라는 답
변이 들려왔다.

하지만 우리 모두 잘 알고 있다. 카페에 대해 캘 만큼 캤지만 결
국 아무것도 알아내지 못했다는 것을. 그래서 포기한 상태를 멋들
어지게 포장하는 것이 우리 담임의 첫인사인 것이다.

“자, 첫날부터 이런 얘기 꺼내기는 좀 그렇지만…… 기말고사
기간이 정해졌다.”

담임이 짐짓 밝은 목소리로 말했다. 웅성거리며 야유하는 소리
가 들리자 살짝 눈을 흘기며 미소를 지었다.

기말고사.

예전의 나라면 볼펜을 바싹 당겨 쥐고 수첩부터 펼쳐 들었겠지
만, 나는 교복 치마에 두 손을 찔러 넣은 채 담임의 얼굴만 바라보
았다. 담임이 칠판에 기말고사 기간을 적었지만 어쩐지 손가락 하
나 까딱하고 싶지가 않다.

“우선, 우리 반 녀석들 얼굴이나 확인해볼까?”

담임이 출석부를 펼쳤다. 1번부터 한 사람 한 사람 이름을 부르
면 우리는 자리에서 일어났다.

“강지윤.”

담임이 이름을 부르자 지윤이가 일어섰다. 모두의 시선이 일제

히 지윤이에게로 향했다.

그날 이후, 지윤이는 누구와도 말을 하지 않는다. 내가 가서 말을 붙여보아도 힘없이 고개나 저을 뿐. 반장 자리를 내놓은 것도 벌써 열흘 전의 일이다. 지윤이가 한 짓을 잊은 듯 행동하는 아이들도 있지만, 대부분 애들은 그렇지 않다. 지윤이 앞에서는 말조심을 해야 한다고, 그렇게들 수군거린다.

은하와 창은이에 대해 자신들이 백지에 적어 냈던 글들은 깡그리 잊어버린 것처럼.

엊그제 예닮이가 말하기를, 지윤이는 지금 대안중학교 편입을 준비 중이라고 한다.

담임이 지윤이를 의미심장한 눈길로 바라보았다. 공연한 의심일까? 적어도 지윤이에게 십 초 이상 눈길이 더 오래 머물렀던 것만은 사실이다.

"홍태주."

태주가 일어났지만 여전히 아무도 주목하지 않았다. 태주가 프로도이자 '도전 100점!'을 만든 장본인이라는 사실은 아무도 모르고 있으니까.

캐나다에 가기 전까지 윤선이랑 같은 사립초등학교를 다니면서 친하게 지냈던 터라, 녀석은 2대 올빼미가 예닮이라는 것도 처음부터 알고 있었다. 하지만 녀석은 지금까지 누구에게도 그 사실을 발설한 적이 없었고, 예닮이에게 내색을 하지도 않았다. 카페를 공개하기 위해 예닭이를 설득하던 그날을 제외하면.

"김예닭."

예닭이는 생글거리며 자리에서 일어섰다. 예닭이의 순서도 자연스럽게 통과.

예닭이가 2대 올빼미였다는 사실은 나와 태주만이 알고 있는 비밀이다.

담임이 학교를 그만둔 후 예닭이는 카페를 다시 비공개로 돌렸다. 그러고도 겁이 나서 카페를 폐쇄하고 싶어 했다. 하지만 태주가 강력하게 반대했다. 결국 카페 운영자는 프로도로 바뀌었고, 올빼미는 카페에서 탈퇴했다. 예닭이는 이제 카페에서 그저 평범한 회원인 '루루공주'다.

폐쇄되지 않았다고는 해도 그 후 카페는 시간이 멎어버린 성처럼 버려져 있다. 앞으로 또 무슨 일이 벌어질지 모르겠지만.

"송은하."

담임은 이름을 말하자마자 아차, 하는 표정을 지으며 손으로 입을 가렸다. 그리고 어색한 미소를 지으며 다음 번호를 호명했다.

카페의 글과 동영상을 빌미로 은하 아빠가 교무실을 뒤집은 덕분에 은하의 무기정학은 곧 끝났다. 하지만 은하는 아직 돌아오지 않고 있다.

은하 아버지는 뒤늦게 부성애를 발휘하여 은하를 찾아다닌다고 한다. 회사에 휴직계까지 내고서. 하지만 은하는 아버지 그림자만 보아도 꽁무니를 뺄 것이다. 은하와 멀어진 지 일 년이 넘었지만 그 정도는 나도 안다.

나는 은하가 돌아오기를 기다린다. 간절하게. 진심으로.

은하에게 별난 우정이 되살아나서가 아니다. 은하가 돌아와도 우리가 다시 친구가 되기는 어려울지도 모른다. 그리고 은하가 학교로 돌아온다고 해도, 과연 예전과 얼마나 달라질 수 있을까.

그런데도 내가 은하를 기다리는 것은 나 자신을 위해서다. 은하가 돌아온다면, 학교와 우리 모두를 조금쯤은 용서할 수 있을지도 모르니까. 우리들의 스캔들을 한바탕 소동으로 추억할 수 있을지도 모르니까.

"박승범."

승범이가 조그맣게 "네." 하고 대답하며 일어섰다.

나는 녀석을 돌아보지 않았다.

녀석은 나와 눈도 마주치지 못한다. 내가 L의 정체를 안다는 것을 녀석은 모른다. 그런데도 나를 피한다. 학원에서건 학교에서건, 내 그림자만 보면 오던 길도 돌아가곤 한다. 녀석은 6월부터 학원도 옮길 거라는 소문이다.

예닭이는 나에게 왜 녀석의 정체를 아이들에게 밝히지 않느냐고 분개한다.

글쎄, 나도 내 마음을 잘 모르겠다. 녀석이 L이라는 사실을 알리지 않는 내 마음은 과연 뭘까.

어차피 밝힌다고 해도 크게 달라질 건 없을 것이다. 아이들에게 L이 저지른 일은 그저 흔히 있는 사건 중의 하나일 테니까. 어쩌면 또 한 번 그 이야기가 재미 삼아 도마에 오를지도 모른다. 아니, 이런 것만으로는 설명되지 않는 그 무엇, 내 안의 그 무엇을 지금은 그냥 놔두고 싶다. 시간이 흐르면 어떻게든 달라지겠지만.

"이보라."

나는 자리에서 일어서며 담임을 바라보았다. 담임의 시선이 내게 똑바로 와서 박혔지만 눈을 피하지 않았다. 담임은 희미한 미소를 지어 보이며 다시 출석부로 눈을 돌렸다.

그날 이모는 교장실로 찾아가서 계속 교실에 들어가지 못하게 한다면 가만히 있지 않겠다고 선포를 했단다. 1인 시위를 계속할 것이며 언론에 제보하겠다고도 했고, 국가인권위원회며 시민단체에 도움을 요청하겠다는 소리도 했단다. 교감이 곁에서 내 이름을 들먹이자 이모는, 그 사실마저도 문제 삼겠다고 외려 호통을 쳤단다.

학부모들의 항의 전화가 빗발치고 인터넷 신문기자가 취재를 나오고, 교육청에서도 조사를 철저히 하라는 지시가 내려왔던 상황.

우리 생각처럼 프로도의 동영상이 전국을 뒤흔들거나 학교를 통째로 바꾸어놓지는 못했다. 방송국이나 큰 신문사에서 취재를 나오지도 않았고, 교육청이나 더 높은 기관에서 직접 조사를 나오지도 않았다. 우리 담임도 징계가 아닌 사표로 정리가 되었다. 그나마 담임의 오기가 아니었다면 휴직이 되었을 것이다.

그런데도 그까짓 게 해결이라고, 학부모들이나 인터넷의 관심은 급속하게 사그라졌다.

하지만 적어도 프로도의 행동이 학교에 잠시나마 긴장과 공포의 쓴맛을 보인 것은 사실이다. 이모와 나에게 적잖은 용기를 주었던 것은 말할 것도 없고.

결국 이모는 3학년 수학 담당에게 새로 배정되었고, 그 반에서 교생 실습을 마쳤다.

이모의 우려와는 달리, 나의 걱정과는 달리 이모 때문에 내가 눈에 띄는 불이익을 당한 적은 없다. 적어도 아직까지는.

대부분의 선생님들은 곧 그 일을 잊은 듯했다. 물론 학생부장이나 교무부장, 심지어 교감마저도 내 얼굴을 똑똑히 기억하고 있지만. 가끔 교무실에 가기라도 하면 나를 바라보며 숙덕거리는 선생님들도 있다. 그뿐인가. 이모 덕분에 3학년들에게도 나는 제법 유명 인사가 되었다. 우리 반 아이들도 나를 여간이 아닌 아이라고 생각하고 있는 것 같다. 그저 그런 범생이었던 이보라의 처지가 이렇게 달라질 줄이야.

그런 시선들이 따갑지 않은 것은 아니다.

하지만 적어도, 나 자신의 시선에 대해서라면 당당할 수 있게 되었다. 그것만으로도 많은 것을 이겨낼 수 있다는 사실을, 나는 요즘 새롭게 배워가는 중이다.

"자, 그럼 오늘 조회는 이것으로 끝!"

담임이 출석부를 들어 올리며 말했다. 승범이가 자리에서 일어
나 구령을 붙였다.

"고맙습니다!"

담임이 교단에서 내려서자 나는 창문을 향해 고개를 돌렸다.

벌써부터 햇살이 유리창을 따갑게 두드리고 있다. 그러고 보니
새로운 달이 시작되었다. 어느새, 6월이 된 것이다.

내가 알기에, 모 대통령의 아들을 구속시킨 초대형 스캔들은 인터넷에서 시작되었다. 시커먼 돈다발이 오갔다는 둥 어쨌다는 둥, 믿거나 말거나 같던 소문이 인터넷상에서 조금씩 퍼져나가기 시작하더니 마침내 전용선을 뚫고 세상을 발칵 뒤집어놓았다.

하기야 인터넷 덕분에 은밀한 동영상이 전 국민의 안방으로 전달되어 죽음과도 같은 치욕을 겪은 여자 연예인도 있긴 하지만.

어쨌거나, 세상은 참 많이 달라졌다.

수천의 국민이 제 나라 군인에게 학살당해도 입 뻥긋할 곳 하나 없던 시절도 있었으니까. 연예인 사진은 돈을 주고 사야만 구할 수 있던 시절도 있었으니까.

그런데도 학교는 참, 고집불통이다.

겉으로야 전신 성형에 버금가는 변신을 시도하는 모양이지만, 그 속은 어쩌면 그렇게도 한결같은지. 바야흐로 서기 이천 년대를 살아가는 중고딩들의 하소연이 어쩌면 이삼십 년 전과 그렇게도 똑같은지.

그래도 참 다행이다.

두발 자유화와 체벌 금지를 요구하며 학교 앞에서 1인 시위를 하는 학생도 있고, 그 학생의 어깨를 두드려주는 인터넷 카페도 있을 정도니까. 학교 비리에 대한 의혹을 풀겠다며 청와대 게시판을 두드리는 학생마저 있으니까.

맞다. 무조건적인 충성을 강요하는 '국기에 대한 맹세'를 거부하느라, 씩씩하게 곤욕을 치르는 선생님도 있다.

그런데도 여전히 겁 없이 행동하는 사람들을 보면 참, 배짱도 좋으시다.

아무래도 조금 더, 목소리를 높여야 할 모양이다. 그래서는 안 된다고, 이런 것은 옳지 않다고, 세상을 향해 큰 소리로.

보라와 그 친구들도 꽤나 애를 썼다. 많이 아팠지만 조금 더 단단해졌으리라 믿는다. 여전히 힘들겠지만 한발 한발 나아갈 거라고, 뚜벅뚜벅 제 걸음을 걸을 거라고 믿는다.

그리고 이제, '비밀의 방 0205'가 세상을 향해 문을 연다.

책이 나오기 전부터 보라들과 함께 울고 웃었던 랑, 지영에게 특별히 고맙다. 먼발치서 발만 굴렀던 벗들에게도 쑥스러운 인사를 전한다.

끝이라고 생각하면 언제나, 남녘 바다가 그립다. 한달음에 달려갔으면 싶다.

2007년 5월
이현

우리에게는 10대 청소년의 세계를 다룬 본격적인 문학작품이 드뭅니다. 그래서 청소년이 읽는 문학작품은 어른들이 읽는 것과 별다른 차이를 보이지 않습니다. 출판사에서 청소년에게 읽히고 자 펴낸 문학작품 중에는 이른바 대표작가의 대표명작을 모은 선집들이 무척 많습니다. 인류의 문화유산으로서 전수되는 뛰어난 고전과 현대의 창작물을 청소년이 자기 것으로 만드는 일은 자연스럽고 또 바람직합니다. 문제는 그것들이 대개 입시를 겨냥한 수업의 연장선상에서 읽힌다는 점입니다. 더욱이 초등학교 시절에 동화책을 읽던 아이들이 그다음 단계에서 성인문학의 세계로 곧장 비약하게 됨에 따라 놓치는 것이 적지 않습니다. 청소년 고유의 감수성이라든지 청소년기에 직면하는 문제 등 작품과 대화를 나눌 수 있는 요소가 많지 않다면, 문학작품을 읽는 일은 점점 자기 삶과 무관한 요식행위처럼 되기 쉽습니다. 동화책에 푹 빠져서 책 읽기를 좋아하던 아이들이 나이를 먹어가면서 문학의 매력을 느끼지 못하고 즐거운 책 읽기에서 멀어지는 까닭 중 하나가 여기에 있다고 봅니다.

이런 사정을 염두에 두고 우리는 '창비청소년문학'을 새롭게 시작하려고 합니다. 그 핵심은 세상에 대한 자각을 높이고 성장의 의미를 함축한 뛰어난 문학작품입니다. '지금 여기'의 청소년과 공감대를 넓힐 수 있는 새로운 감수성과 문제의식을 충실하게 담아 즐겁고도 의미 있는 책 읽기가 되도록 힘쓸 생각입니다. 최근 청소년문학의 중요성이 새롭게 인식되면서 의욕을 보이는 작가들이 속속 모습을 드러내고 있습니다만, 양적으로나 질적으로나 아직 충분치 않을뿐더러 마땅한 청소년문학의 모범이 없어 작가들도 어려움을 겪는다고 합니다. 청소년문학이 아동문학과 성인문학 양쪽에서 소외되어 자기 정체성을 확립하지 못한 채 표류하는 현상은 마치 경계의 존재라 하여 주변부로 밀려난 청소년의 현재 모습을 떠올려 주는 것이겠습니다. 우리는 '지금 여기'의 청소년을 뚜렷이 의식하되 현대 세계문학의 다양한 흐름을 적극적으로 받아 안으면서 새로운 도전에 나서고자 합니다. 장르와 영역을 넓히는 국내 창작물과 외국작품의 소개는 물론이고, 참신한 시각으로 재구성한 숨은 작품들과 창의적인 기획물의 모색 등이 여기에 포함될 것입니다. 새 길을 여는 '창비청소년문학'에 많은 관심을 부탁드립니다.

2007년 5월

창비청소년문학 기획편집위원회

창비청소년문학 1

우리들의 스캔들

초판 1쇄 발행 • 2007년 5월 28일
초판 25쇄 발행 • 2023년 10월 19일

지은이 • 이현
펴낸이 • 염종선
책임편집 • 이지영
펴낸곳 • (주)창비
등록 • 1986년 8월 5일 제85호
주소 • 10881 경기도 파주시 회동길 184
전화 • 031-955-3333
팩시밀리 • 영업 031-955-3399 편집 031-955-3400
홈페이지 • www.changbi.com
전자우편 • ya@changbi.com

ⓒ 이현 2007

ISBN 978-89-364-5601-6 43810